NGLAN

D E A R + N O V E L

いけすかない

榊 花月
Kazuki SAKAKI

新書館ディアプラス文庫

S H I N S H O K A N

いけすかない

目次

イラストレーション／志水ゆき

いけすかない

だからってなんで、と衛藤国春《えとうくにはる》は思った。このオレがふられなきゃならねえんだよ。

ふったのは広崎夕雨《ひろさきゆう》。高校の一年後輩である。在学中にそんな仲になった。一足早く上京した衛藤を追うようにして、夕雨も東京の学校に入ってきた。

まるきり楽勝じゃん、この展開。

こんないいかげんなオレを好きだって言って、浮気もなんべんも繰り返したけれど逃げもせず。来いといえば来る。求めれば身体《からだ》を開く。どんな無理矢理なシチュエーションでも、そうだった。

ところが――。

そんな夕雨に惚《ほ》れる男は他にもいたらしい。翻訳家かなんだか知らないが、嘘くせえ仕事。芸能人でもないのに夜中にサングラスなんかハメて気取りやがって、このええかっこしいが。どうせ翻訳ったってしょぼいんだろう。

と思っているのは衛藤だけで、奴《やつ》の仕事は順調らしい。

そして夕雨は、むこうのほうに魅力を感じたらしく、自分から別れを言い出してきた。

なにそれ、なんだ、それ。お前はいつもオレの言う通りに動く、オレのものだったんじゃないか！

……要するに、ふられるわけのない相手から、突如別れを言い出されたのだった。

大きな声では言えないが、衛藤は夕雨には少し特別な感情を抱いていた。

高校の後輩、同級生、遊び仲間。

そういうケのあるのは嗅覚《きゅうかく》で判《わか》るのか、寄ってくる男はいろいろいたし、その都度相手もしてやった。

だが、夕雨に関してはちょっと違う。その場こっきりの通りすがりの相手ではない。

なら、なんでもっと真摯《しんし》になれなかったのか、優しくしてやらなかったのか。

たぶん、と今になって思う。信じていたからなんだろう。あのおとなしい、素直で可愛《かわい》い抱き人形。オレの言うことを聞かないわけがない。

しかし、自分にもミスはあった。「オレ以外とはつきあうな」と言い渡しておけばよかったのだ。

……それも違うか。ともかく夕雨は相手の男と知り合ってしまったのだし、惹《ひ》かれてゆく気持ちは衛藤にだって止められない。

オレ以上にいい男なのかよ！　とイキがってみたものの、ええ、そうですなんて答えが来る可能性は頭に入れていなかった。

いや、実際夕雨がそう言ったわけではないのだが、返事をしないことでその意思はあきらかである。

ちくしょう！　なんでオレがふられるんだよ！

釣り上げた魚に逃げられたのは、かれこれ二十一年間の人生において、初めての出来事だった。

一度だけ会った、夕雨の「恋人」を思い出す。なんだよオヤジのくせに。顔だって身体だって、絶対オレのほうがいいに決まっている！

……金か？　財力に惹かれて、夕雨はあいつのほうにいったってことか？

いくら考えてもむかつく。夕雨とその男。

――夕雨。

最後には、少しセンチメンタルな気分でそう思う。お前、もう帰ってきてはくれないのか？

わがままで自分勝手な男だけど、お前にはけっこう本気だったんだぜ？

ってその「けっこう」という部分がだめなのだ。自分でも判っている。だってこの歳《とし》で、一人になんか決められるか。あのグラサン野郎だって、そのうち夕雨をポイ捨てするんだ。そうに決まっている。

エゴで巡らす思考回路は、必ずこんなふうに、あるはずもない（かもしれない）一人決めで終わるのだった。


人間は、頑丈にできている。いくらふられたって呼吸はするし腹もすく。

その日も、衛藤《えとう》は大学の近くにあるカフェレストランで昼食をとっていた。

午後の授業……うぜえ。

気分はすこぶる悪い。昨夜夕雨《ゆうべゆう》のことなど思い出したからだろうか。

このまま帰ってしまおうかと思い立つ。ふと、隣のテーブルに水を運んできたウェイターに目をやり、はっとした。

ややつり上がり気味の目に、きっと結んだ口許《くちもと》が見る者を振り返らせる。つまり、キレイな顔をしているということだ。

夕雨に少し似ている……きっと結んだ唇のかたち。

そう思うと、心のどこかがずきりと痛んだ。そう歳《とし》も、同じぐらいか。

こんな奴《やつ》が、いたんだ。

初めて見る顔だ。ということは、新入りなのだろう。なのにやけに落ち着いている態度がなんとなく気に入らなかった。

なので、引き返したウェイターの足を、衛藤は軽く蹴《け》ってみた。

相手はよろけ、バランスを崩す。

トレイが宙に浮いた。衛藤の前においてあった半分口をつけたアイスラテのグラスにもろにぶち当たり、チノパンツにしみを作った。

してやったり。自分の服が汚れたのは計算外だが、ウェイターを狼狽《ろうばい》させることができたもよう。ふん、スカしやがって。

周囲の視線が、こちらに集まる。

「おい、どうしてくれるんだよ、これ」

舞台を作っておいた上で、衛藤は怒鳴った。店内がますますざわつく。

ウェイターは、転がったトレイを拾い上げると、キッと視線を衛藤に据えた。

おや？　と思う間もなく相手が口を開いた。

「あんたが足つっかけたんだろ」

低い声。冷たい目に侮蔑《ぶべつ》が感じられて、さすがの衛藤もたじたじとなる。

その一方、むっとくるものもあった。

「なんだよ、開き直る気かよ」

で、言い返した。

「あんたがな」

「客にむかって『あんた』とはなんだ！」

「じゃ、お前が」

「なんだと！」

「……。お客さまのほうから、足をかけられてきたのではないかと申し上げております」

いっそうの軽蔑を含んだ眼差《まなざ》し。

周囲がますますうるさくなってくる。同じ大学の人間もきっと、いる。派手好きな遊び人の

ない。

衛藤国春《くにはる》。学部を越えて、衛藤の名はキャンパス内に知られている。おおむね、いい評判ではない。

それでなにか、ギャラリーがウェイターを支持しているような気がして、衛藤は苛立《いらだ》ち、テーブルの足を蹴った。

「失礼な。店長を呼べ！」

「クリーニング代なら、こちらで負担させて頂くと思いますが」

「んなこと……ひとをチンピラ扱いする気かっ」

相手は、冷ややかな笑いを浮かべる。その笑みがますます衛藤をヒートアップさせた。

「莫迦《ばか》にすんなよ」

「してません」

「っ」

衛藤は思わず、椅子《いす》にかけてあったショルダーバッグを摑《つか》むと、生意気なウェイターに向かって投げつけた。中身がばらばらとこぼれ、近くの席のほうからきゃっと悲鳴があがる。

鞄《かばん》を投げつけられても、ウェイターは微動だにしない。あい変わらずすっとぼけたまま、

「では店長を呼んで参ります」

くるりと踵《きびす》を返す。

そんなことされてたまるか。自分で要求したことなのに、衛藤はやや焦る。散らばったルー

ズリーフやら財布やらを集め、衛藤は大急ぎでレジに向かった。

苛立ちは、解消されるどころかますますひどくなった。

むしゃくしゃしていたので、衛藤《えとう》は今つきあっている男を呼び出した。正確にはつきあっている相手の中の一人、である。真っ赤なアルファロメオに乗っている、金持ちの坊ちゃんである。

坊ちゃんなだけに、おっとりしている。その点気遣うことのない相手である。港の見えるバーの二階で、自分は車なので飲まない、とクランベリーソーダを注文し、

「大変だったんだねえ、クニちゃん」

のんびり言われると、こちらの気も抜ける。

「大変なんだよ。なにかとな」

衛藤はウイスキーグラス越しに相手を見やりながら答える。

こいつにもそろそろ飽きてきたな、と思う。

従順でおとなしいが、どこか浮き世離れしすぎていて、時々疲れる。本来、ちょっと勝ち気なくらいのタイプがストライクゾーンなのだ。

と、考えふいに昼間のウェイターの顔を思い出す。思い出してぎょっとする。冗談じゃない、

あそこまで気の勁《つよ》いのはだめだ。

「クニちゃん、僕、やっぱりパパの会社に入ることにした」

彼はいま大学四年生である。実際には五年生だが。単位が足りなくて、卒業できなかったのだ。当然就職の際にも不利に働くのだろうと思っていたが、卒業の見込みがついた時はやたらと昂奮《こうふん》していた。

『留年したからって、安易に親に世話になるなんて邪道だよね！』

その科白《セリフ》、半年後の自分に言い聞かせてやれよと言いたくなる。

それで六月からこっち、あちこちの会社を訪問していたのだが、結局内定は貰《もら》えないまま、昂揚感は退《ひ》いてしまったらしい。

「ふーん。ま、いいんじゃないの。お前ミス多発してクビになりそうだからな、他に決まってても」

「そんなあ。クニちゃん意地が悪いよ」

悪いんだよ。

「就職も決まったから、もっと遊べるよね、僕たち」

ごめんだよ。

マジで苛々《いらいら》してきた。あの小生意気なウェイター。今度会ったらボコボコにしたあげく犯しまくってやる。ズタボロになるまでいたぶってやる！

「どうしたの、クニちゃん？」

はっと我に返ると、相手は訝《いぶか》しげにこちらを見ている。

「べつに。なんでもねえよ」

他の男のことを考えていたなどとはさすがに言えない。だいたい相手の車だし。けんかになった場合、徒歩で帰るには遠い距離だ。

そんな理由で表情を緩ませたとも知らず、坊ちゃんはほっとしたように笑った。


次の日は、何事もなく過ぎた。

異変を感じたのはその次の日である。会員証更新のため訪れたレンタルビデオ屋で、身分を証明するものを、と言われ免許証を出そうとしたところ、見当たらない。

「お客様？」

ごそごそバッグを漁《あさ》っている衛藤《えとう》に、店員が怪訝《けげん》そうな声をかける。

しかし、ショルダーのポケットに入っているはずの免許証は、なかった。

「じゃ、こっちで」

と学生証を見せ、その場はしのぐ。

だが免許証のことは気がかりだ。部屋に置いてきたのだろうかと考え、それはないと思い直す。昨日の行動をあれこれ思い出したが、鞄《かばん》の中身を入れ替えたことはない。では一昨日《おととい》。

！

思い当たり、衛藤は思わず拳《こぶし》を握った。あの店。あの生意気なウェイター。あいつに鞄をぶつけた時に、落としてしまったのに違いない。

それならそれで、とまた腹立たしい。あの店、連絡ぐらいよこせっての。

大急ぎで駅までとって返し、大学まで戻る。

くだんの店に、しかし、あのウェイターはいなかった。

「クビにしました」

店長は恭《うやうや》しい様子で言い切る。

「く、クビ？」

「店であんな騒ぎを起こした者は雇っておけません。その節は大変失礼をばいたしました」

いや頭下げられても困るんだけど。

「で、オレの免許証は？　どっかに落ちてませんでしたか？」

「は？　いや、そんなものはこちらには届いてませんが。それで、クリーニング代の件なんですが――」

「いや、それはもういいっす」

頭に無数の「？」を浮かべたまま衛藤は再び帰路についた。するとあれか、やっぱり部屋のどっかに置き忘れてんだな。

しかし、とあのウェイターの顔を思い出すと自然に笑みがこぼれた。クビかよ。いい気味だ。

今頃どこで悪態ついてんだかな……。

ま、もう関わることのない奴《やつ》だ。小生意気なウェイターくん、健闘を祈りたい。


だが。


部屋に戻った衛藤を待っていたものは。

「遅いぞ」

リビングの真ん中に体育坐《ずわ》りをしている奴は。その男は。

衛藤は言葉を喪《うしな》い、目の前の相手をまじまじと見つめた。

「お前ーっ！　あの時のウェイターだな！」

「もうウェイターじゃねえよ。クビになったから、あんたのおかげでな」

「だ、だからって……だからって……なんでお前がオレの部屋にいんの？　っ！」

免許証。

「貴様ーっ」

「弟だって言ったら大家さんが開けてくれた。いい人だね、脇が甘いけど」

「そうじゃなくて！　返せ」

「なにを」

「オレの免許証！　お前、盗んだんだろうが」

「人聞きが悪いなあ。拾っただけだろ」

「いいから、返せ。そしてここから出て行け」

衛藤は詰め寄ったが、相手はすっとぼけた顔のまま、

「やだね。オレ行くとこないもん」

「行くとこって……てめーの家は」

「店の二階借りてたんだ。自動的に宿無し。わかった？」

「偉そうに言うな！　この盗人《ぬすっと》野郎が」

「だから、拾っただけだって」

拳をわなわなとふるわせる衛藤をよそに、相手はあくまでのほほんとしている。そして、免許証を返してくれる気もないらしい。ふと見ると、部屋の片隅にでかいドラムバッグがどかっとおいてある。

ほ、本気で住みつく気か？

「だってもとはといえばあんたが俺の足つっかけたのが発端だったろ」

相手はまるでそれが当たり前のような言い方をするが、衛藤には納得いかない。

そんな「罪状」でこのお荷物を引き取れと？

「冗談じゃねえ！」

「うん、冗談じゃないよねえ」

相手はぴょこりと頭を下げた。

「そういうことで、あとはよろしく」

「寝言は寝てから言え。免許返せよ、はやく」

「それにしてもいい部屋だな、ここ」

相手はぐるりと室内に視線を巡らせた。

「高いんじゃないの？　家賃」

「さあ。オレ払ってないから」

衛藤にとっては当たり前のことだが、相手はびっくり仰天といった面持ちで、

「親に出して貰《もら》ってんだ。ひょっとしてバイトもしてなかったりする？」

「それがどうした。悪いか」

「いや、べつにかまわないけど、いい身分なんだな」

「そうだよ？　なんでもいいから免許返せ」

「返したら追い出されるに決まってるもん」

「当たり前だ！　返せ！　返せ！　返せ！」

「いーやーだー」

「車がねえと困るんだよ！」

「学校ぐらい、電車で行けるだろ」

「それ以外でも車はいるんだよ！」

「あ、デートのひとつもできないってか？」

相手は飄然《ひょうぜん》と、

「クルマがなくっちゃいやーん、なんていうそういうおネエちゃんとは早めに手を切ったほうがいいよ？」

いや、おネエちゃんばっかりじゃないんだけどな。

ふと思いついて、衛藤は内心ほくそえんだ。

そういうことなら、思い知らせてやろうじゃないか。このオレの性癖を。世の中にはおネエちゃんばかりじゃないことを。その身体で存分に味わえばいい。実際、かなりタイプだしな。

この減らず口さえなければ。

「っ？」

やにわにのしかかられて、相手はわけが判《わか》っていないようだ。

きょとんと見上げてくるのに、衛藤はにやりと笑って答えた。

「自分で蒔《ま》いた種だ。どうなるかなんて、判ってるよな？」

「な、なんだよ。あんた、まさか……」

「そ、正真正銘のゲイ……いや、バイかな。おネエちゃんも嫌いじゃない」

「や、やめろよ。俺はそんな趣味はねえんだよ！」

「お前の趣味は今さら関係ねえな」

暴れる身体を押さえつけ、Tシャツの下から手を差し込んで胸の突起に触れる。

相手がさっと鳥肌を立てたのが判った。なんだノーマルか。まあ関係ないけどな。

「やめろよ、やめてくれよー！」

目が本気で怯《おび》えている。

「いまさらやめられるか。そんな猫みたいな目で人を見上げやがって」

ぞくぞくする。ふだんバージンにはあまり食指が動かないのだが、抵抗されると愉《たの》しみも倍加する。

かまわず衛藤はシャツをたくしあげ、指でつまんでいた乳首に歯を立てた。

「！　いやっ」

細い身体だ。抱き込んでしまえば衛藤の腕の中にすっぽり収まる。腕も細い。両手をひとまとめにして片手で押さえつけ、もういっぽうの手で股間《こかん》を掴《つか》んだ。

「や、やだったら……判ったよ、出て行く、出て行くからやめてくれよーっ」

「やだね。オレはいったん決めたことは完遂する男だ。怒らせるとどうなるか、世間知らずの身体に叩《たた》き込《こ》んでやるぜ」

言いながら、ジーンズのボタンに手をかける。布越しにやわやわと揉《も》んでも、相手のそれは、まったく何も反応してこない。

それどころか、かえって縮こまっているようだ。ノーマルのバージンってこんなもんだったっけ？

しかしかまわず、下着ごとジーンズを引きはがそうとすると、相手はいっそう烈《はげ》しく抵抗をした。

「いやだ！　いやだ！」

涙が溢《あふ》れ、白い頬《ほお》を伝ってくる。

「もうやめて、やめて……おにいちゃんっ！」

「！」

衛藤はおやと手を止めた。「おにいちゃん？」

……トラウマさんか？　トラウマ持ちなのか？

さすがにそれは相手にしたことがなかった。というか面倒。

衛藤はしぶしぶ身体を離した。

心のどこかでもったいない、と言う声が聞こえる。でもこのまま続けたらオレ悪人。

断腸の思い（？）で解放してやったのに、相手は逃げ出さない。両手で顔を蔽《おお》い、ひっく、

ひっくと喉《のど》の底からしゃくり上げるような泣き声を上げている。その身体は、見てもはっきり判るほどに震えていた。

「な、なんだよ……ちょっと揶揄《からか》っただけだろ。マジでビビんなよ」

泣かれてしまっては、罪悪感をおぼえないわけにはいかない。えぐえぐと泣くその身体に再び手をかける。びくっとして逃げたが、そのまま抱き起こして坐らせてやると、ごそごそ自分ではだけた衣類を直した。

「……えーと……名前、なんていうの？」

衛藤は困り、基本的な質問から始めることにする。

「……中川《なかがわ》……スイ」

「スイ？」

「彗星《すいせい》の……彗」

「あ、そうなんだ」

……無言。

「行くところないの？　実家どこ？」

今度も無言だが、かぶりを振った。

「そ、そうか……じゃ、泊まってっていいからさ」

なに下手《したて》に出てんだオレ、と思う。そんなキャラじゃねえだろ。しかし、彗をこのままにしておくこともできない。震えて泣いている……こりゃまったく、子猫じゃんか。

「ソファでいいかな？　オレのベッドに寝る？　あ、いやいやもちろん一人で、だけど」

「……ソファでいい」

「そ、そう。じゃ、今毛布を持ってくるから」

こんなに優しい自分がいたことに、少々戸惑いながらも、衛藤はベッドの下に置いてある、予備の毛布を持ってとって返した。

「ほら、毛布かけて」

「……うん」

真っ赤な目をしたまま彗は頷《うなず》き、衛藤の心に思わぬ感情をもたらす。

それは愛しさに似た気持ちだ。

そんな自分に、ほんとかよとツッコミを入れてしまう。この、会って二回めの、勝ち気で生意気なお坊ちゃんに……惚《ほ》れるなんてあり得ないだろオレ。

そう思いつつ、衛藤はこの猫を拾う羽目になってしまったのだった。


結局、彗《スイ》にそのまま住みつかれることになる。そりゃ、クビになる原因を作ったのだから責任を負わなければならないわけだが……なんか釈然としない。

免許証は返してもらったものの、追い出すわけにもいかない。おまけに手も出せない。かなり好みのタイプなのに。

ズタボロになるまで犯しまくってやると息巻いていたオレはどこにいったんだ。衛藤《えとう》の、衛藤たるアイデンティティまで崩壊寸前だ。以前はどんな奴《やつ》だろうとかまわず押し倒していたのだが、

『やめて……おにいちゃん』

あの叫びが耳について離れない。なんらかのトラウマに彗が囚《とら》われているのはたしかだ。そんな相手にうかつに手を出して、無駄な恨みを買うのは厭《いや》だ。

だからって、居候させてやることもないのに、なんとはない保護者気分から、彗を引き受けざるを得ない形になっている。

なんだよこれ。

オレってば口説くこともできない相手を、部屋に入れて、なにもしないで放っておくような優しい奴だっけ？　そんな臆病者か？

たかがトラウマじゃないか……ってでかい問題だけど。

けれど、最もでかい問題は、そんな彗に衛藤がかなりやられちゃっている、ということである。顔色を窺《うかが》い、ご機嫌を取り。

いかなる局面でも、恋愛において、アドバンテージを相手に握らせるようなことがあったっ

けか。いや彗とはまだそんなんじゃないけど。

彗のことを考えると、夕雨《ゆう》のことが心を過《よ》ぎる。

そもそも恋愛といえば、と条件反射的に思いはさらに深くに進む。オレは、今までまともな恋愛をしたことがない。

物心ついてからこっち、欲しければもぎとり、奪い、飽きれば捨てる。そのつど甘い言葉のひとつやふたつは囁《ささや》いてきたが、もちろん腹の底から思っていたわけがない。

このあいだ会った坊ちゃんのことを思い出す。そういやあいつにも、無礼極まりないことを考えてたんだっけ。

だからって、あいつのたらたらした喋《しゃべ》りを聞かされるのは面倒なわけだ。たぶんそこが自分の悪いところなのだろうと思う。わがままで身勝手、傍若無人。

だが直すつもりはない。いや直る見込みがないというべきか。このやり方で二十一年間、特にまずいこともなく過ごしてきた。

しかし愛。オレは今まで誰かを真剣に愛したことなどあっただろうか。逆に、そんな情熱をもって愛されたことがあっただろうか。

そんなに熱く心を焦がしたことが、今まで。

——ない。

いや、なりかかったことはあったのだが。

夕雨の顔が浮かび、厭ぁな気分になった。オレってそんなにあいつに惚れてたんだ……しかも無自覚に。

しかし浮かぶイメージは、いつか彗に変わる。一緒にいたってなにもできない相手に。

気分はますます落ち込み、昏《くら》く深いところへ思いは落ちていった。


もちろん、悪いことばかりじゃない。

同居二日目の朝、長らく忘れていた味噌汁《みそしる》の匂《にお》いで目覚めると、彗《スイ》がキッチンに立っていた。

油揚げとわかめの味噌汁、冷や奴《やっこ》、ホウレン草の胡麻《ごま》よごし。

わかめはちゃん切られていたし、胡麻よごしの味は本物だった。

驚くのより先に、これだけの食材が家のどこから出てきたのか気になる。冷蔵庫にはビールしか入っていないことを自分自身よく知っている。

と思ったら、

「朝市」

彗の答えはそんなものだった。

「朝市だあ？」

「郵便局の隣の空き地で、朝市やってんだよ。水曜と金曜だけ、朝七時から十時まで。あんた、ジモティなのに気づいてなかったわけ」

「知るかよ。住んでもないのに知ってるお前のほうが怖いよ」

「俺だって今日、初めて知ったよ、散歩してて」

「なんでだよ」

「常連だっていうおばちゃんと仲良くなってさ」

「……」

「俺、年配層にはけっこうウケるんだぜ？　悪いけど」

いや年配層に限らないだろうが。

それとも、このオタンコナスは自分が闊歩《かっぽ》しながら垂らしているフェロモンのことに気づいていないのか？

今すぐ押し倒してそれを知らせてやりたい、できるものなら。

しかし、それは叶《かな》わない。やらないと決めたらやらないのだ。というか、やれない。やれないことはないが、やったらやったでややこしいことになりそうで怖い。もう、なんなんだよオレ。

「なんだよ」

味噌汁の椀《わん》を片手に、彗がぶうたれている。

「あ、いや。うまいよこのホウレン草」

「当たり前だろ。俺を誰だと思ってんだ」

「……卑怯《ひきょう》な手を使って他人の家に上がり込み、メシまで作って我が物顔で食ってるへんな奴《やつ》」

「そういう羽目に落とし込んだの、あんたじゃんか」

それを言われるとうっと詰まらざるを得ない。

しかし、ふつう、カフェの店員というものはあのぐらいのことで客とやりあうなんてことはしないものじゃないのか。

……言っても無駄だな。事実こいつはうちにいるんだし、住み着く気らしいし。

ってなんでオレ、こいつを受け入れる方向に傾いてんの？

罪悪感か？　それゆえに握られてしまっているイニシアティブってことか？

目の前ですましてメシを食っている彗を眺めながら、やるせない気分になってしまうが、それをもたらした相手はふと顔を上げ、

「そうだ。これは俺の自腹だけど、生活費はあんたが出せよな」

「な、なんだと？」

「だって俺、あんたのおかげでバイトクビになっちまってさ。金ねえもん」

……お前には負けるよ。

そんなわけで居候に住み着かれてしまった衛藤《えとう》だ。しかし、一日のおおかたは大学にいるので、なるべく家に遅くつけば奴《やつ》のフェロモンから解放される。

そんな自分が、また情けない。バイトのひとつもしておくんだったと今さら悔やんでも遅い。だいたい働くのは嫌いだ。

いい身分だな、と言った彗《スイ》の言葉がちくりと胸を刺す。

莫迦莫迦《ばかばか》しい。すぐに思い直した。なんでオレがあんな奴の言ったことひとつでうだうだ考えなきゃいけないんだよ。

たしかに「いい身分」ではある。親は実業家だ。実業ったってパチンコ屋やカラオケボックス、あと風俗を多角経営している。いわゆる成金。それのバカ息子の典型っていうのがオレ。

それでも勉強だけはそれなりにできたので、合コンの誘いが毎週くる程度の有名私大に入れたし、女も男にも不自由はしていない。手当たり次第に作っては捨て、捨てては拾うを繰り返していたら、夜の帝王みたいな言われ方をされるようになり、それはそれでべつにいいけど、

これでも実はけっこう繊細で傷つきやすいのよ？

……しかし世間は思っていたよりおおざっぱなので、いったんついたイメージを擦《こす》り落とすのは大変だ。っていうか面倒。

なので、衛藤はイメージ通りの衛藤国春《くにはる》を演《や》っている。それだけだ。

それにしても参ったな。帰ったらあいつがいるし、オレは手を出せなくて悶々《もんもん》だし、いや出してもいいんだけど、ＰＴＳＤだかなんだか知らないけどそんなんまでいっしょに抱え込むのは厭《いや》。

そして、いつまでも残る、初の失恋（？）の疵《きず》。

ちくしょう、夕雨《ゆう》とその男！

そちらに怒りを向けるのはひじょうに理不尽だということは判《わか》っている。けれど、夕雨がこの手を離れていなければ、オレはカフェで苛立《いらだ》つこともなく、店員に八つ当たりすることもなく、あいつと出会うことなどなかったわけだ。

腹立たしさは今も残る。それなのに、家に帰りたくない衛藤の足はなぜか夕雨のアパートに向かっていた。とりあえず、どういう生活をしているのか確かめたい。そしてそこにオレのつけ入る隙《すき》があるかどうか。

人はそれを立腹ではなく未練と呼ぶ。

そのことが判ったのは、アパートの前に紺のセルシオが駐《と》まっているのを見たからだ。

車だけならどうでもいいが、その時階段を下りてきた夕雨が、嬉《うれ》しそうに手を振りながら車に近づいてきたせいだ。

電信柱の陰に身をひそめ、衛藤はその様子を見まもった。

運転席に、男の影がある。こないだ見たあいつかどうだかは判らないが、夕雨の性格からしても他の男に乗り替えているということはないだろう。

夕雨は微笑《ほほえ》み、何事か言葉を交わした後、助手席側に回った。開いたドアが夕雨をお招きしている。

セルシオが完全に視界を外れてから、衛藤は電信柱を離れた。なんだよこれ。オレ、ストーカー？

それにしても夕雨だ。あい変わらず、いや思っていた以上に生き生きとして、きれいになった。愛されている自信が、恋に満ち足りた幸福が、あんな表情をきっと作るのだろう。

あんな笑顔を、衛藤とのつきあいの中で、見せたことがあっただろうか……いや、ない。夕雨はいつだって、淡々としていた。

あんな笑顔を、引き出せる奴がいる。

対してオレは、と思う。とっくに切れたっていうのにほんのちょっとの可能性ってやつにさえ足蹴《あしげ》にされてボコボコじゃんか。

それもこれも、あのスカした翻訳家のおかげだ！

……とは言えないか。夕雨をおもちゃにして、振り回していたのは他ならぬこの衛藤国春である。ふつうの奴なら即行逃げ出すところを、黙って耐えていたのであろう夕雨を。今衛藤は苦しいほど愛しく思う。

けれど過ぎたことだ。なくす理由を作ったのは自分だし、夕雨はもう戻ってこない。

家に帰ればトラウマとの戦い。ああ、もう誰でもいいからやっちゃいたいよ。

そこでアルファロメオの彼の顔が浮かんだが、いまいち食指が動かない。同族嫌悪というのではないが、贅沢《ぜいたく》な暮らしに馴染《なじ》んだ者特有の鈍さがある。ならなんであんなのとつきあうことになったかというと、むこうからやってきたからだ。遊びにいったクラブで、話しかけられたのが発端。

……やばいよな、マジ。

このまま一生、誰も愛さず愛されずに終わるのか。夕雨を邪険に扱ったツケが、残らず回ってきた勘定だ。

携帯を出し、メモリを見る。どれもこれも、こんな気分の時に会いたい人間じゃない。くそう。誰かオレを癒《いや》せよ。あ、癒しなんて単語使っちゃったぞ。恥。

いや、ふだんなら絶対口にしないであろう語を、うっかり浮かべてしまったということだ。それほど今、衛藤国春は参っているのだ。

悩みの源泉に立ち返った時、浮かんだのは彗の顔だ。

なにがあったのかは聞いていない。おにいちゃん、というのはまあ、実兄ということはないだろうが、近所に住んでいた変質者か、親戚《しんせき》の中に変質者がいたか、あるいは通っていた学習塾の講師が変質者……。

変質者はもういいか。それを言うならオレだって変質者だ。入って嬉しいって組合でもない。

とにかく、そいつが、彗になにかイタズラをしたのだろう。あの怯《おび》え方からして、何をされたのか判らない、というほど幼い頃ではなかったはずだ。小学校の高学年か、もっと後？

あんなにきれいな顔をした小学生がいたら、衛藤だって「おっ」と思うところだ。いや思うだけで、その後エロな行為に及んだりはしないが。世の中にはやっていいことと悪いことがある。

残念なのは、その「いい」と「悪い」のハードルの設定と高さが、人によって違うということだ。つまり、男同士でナニをするのはいいけど、縛ったりロウソクを垂らしたりするのは厭、というようなことだ。だがそれは衛藤自身のハードルであって、鞭《むち》とロウソクで愛し合っている二人を悪いとは思わない。

そして問題は、この衛藤国春からみてもどうかと思うようなことを、彗に近い誰かが行ったという事実だ。赦《ゆる》せんな。赦せん。

おかげでこっちは煩悩《ぼんのう》パラダイスじゃないか！ あげく、別れた男の様子をこそこそ窺《うかが》いにきたりして、みっともないったらありゃしないぞ。

……胃が痛くなってきたので帰ることにした。煩悩の源がいる部屋に。

あーあ。

なんか最近、冴《さ》えてないなオレ、と感じる衛藤だった。

で、家に帰れば煩悩《ぼんのう》が待っている。

「おかえりー」

衛藤《えとう》の葛藤《かっとう》のことなど、気にとめるでもなくすっかりくつろいで。

「おかえり、ってお前なあ」

「あ、夕飯作っておいた」

衛藤の反応をあらかじめ予測してたかのように、先回りした。

ナスとトマトのペペロンチーノ。

魔法のように出てきた皿に、衛藤も黙らざるを得ない。

他には冬瓜《とうがん》のスープと、シーザーサラダ。

「お前……今日もまた買い物に行ったんだな？」

ガーリックの匂《にお》いが食欲をそそるが、その前に訊《き》いておかねばならないことがある。

「それがなにか？」

パスタを取り分けながら、彗《スイ》は不思議そうに小首を傾げる。

あ、カワイイ――じゃないぞ。

衛藤は急いで煩悩を打ち払う。

「鍵《かぎ》はどうした鍵は」

合い鍵は夕雨《ゆう》と別れて以降、誰にも渡してはいない。

「ん？　だって前のスーパーじゃん」

「開けっ放しにしとくなー！　他人の家だからって」

「だって鍵、もってないんだもーん」

ますますむかつくポーカーフェイスですっとぼける。

「……二度と同じまねすんなよ？」

仕方なく、彗に鍵を引き渡しながら念を押した。

「ん？　でもさ、オレだってそのうちバイトに出るから」

暢気《のんき》そうな顔つきのまま言い、衛藤はえ？　と訊き返す。

「だっていつまでも人んちに寄生虫してらんないし、部屋も探さなきゃじゃん」

「……ふーん」

なにか拍子抜けした気分になった。彗はいつまでもここに住み着く気なのだろうと、勝手に決めていたのだ。

それを希《のぞ》んでいたはずなのに、いざ出て行くと言われると、こんな気持ちになる。なんでだ？

答えは心の中、どこかいちばん奥のところで見え隠れしている。

それに蓋《ふた》をして、衛藤は居候のパスタを口に運んだ。

ガーリックと唐辛子《とうがらし》の辛さが口に広がり、ナスの甘さとトマトの酸味がそれを和《やわ》らげてくれる。

塩のかげんもちょうどよく、

「うまい」

思わず正直な感想を口にしてしまった。

彗はてへへと笑い、

「俺さ、将来店やるの夢なんだ」

「店って？　ああ、飲食関係の？」

「そそ。俺一人で作って出してみたいな、小さい店でいいんだけどな。和洋折衷《せっちゅう》っていうの？　創作料理の店ってやつ」

「ふうん」

気のない返事を返した後、はたと思い当たった。

彗はその夢の一歩として、あの店で働いていたのだろう。

ウェイターなんて、誰にだってやれる仕事だと思っていた。

己の短絡な思考というやつがまざまざと思いおこされた。なんだか最近、こんな気分になることが多い。

だが衛藤の苦渋には気づかぬ様子で、彗は夢見るような面持ちで夢を語る。

……いかん。顔を見ていたら理性ってやつはぶっちぎりになってしまう。

「あんたは？」

「え」

「あんただって将来の夢ってのがあったりするんだろ？　大学にだって通ってるんだし」

「オレの夢」

言われてぎょっとする。そういえば、オレは将来のことなんか考えていない。

「は、いい死に方すること」

「はあ？」

「いけすかないジジイになって、子どもやら孫に迷惑かけまくりのあげく、大往生」

「……なんか、あんたに合ってるって言うか、なんというか」

「ま、大学のことなんかはぜんぜん関係ないけどな」

「何学部？」

「写真学科」

「夢はあるじゃん」

「写真？　……あんま興味ねえな」

「なんでそんなことをわざわざ勉強しに行ってんだよ」

「さあ？　高校の時、写真部だった」

「それだけかよ！」

「そだよ？　なんか悪い？」

「悪い……ていうか、世の中には行きたくたって進学できない奴がいるんだぜ？」

衛藤はおやと彗の顔を見た。勝ち気な眸《ひとみ》に非難の色が浮かんでいる。

「……。そりゃ悪かった」

「悪いよ。反省しな」

冗談めかして言うと、彗はスープに浮かんだ冬瓜を掬《すく》った。

「そういや、お前って地元どこなん？」

衛藤にすれば、不穏な空気ってやつをなんとか解消するための話題作りというやつだった。

けれど、それを口にしたとたん、失敗したことを知った。

彗の表情が変わったからだ。

愉《たの》しげな様子は消え、今まで見せていない翳《かげ》りが、衛藤にまで伝染してくる。

二人して昏《くら》くなってどうする。衛藤は自らを奮い立たせ、

「なんて、べつになにがなんでもそれを知りたいってわけじゃないけどな」

と陽気さを装った。

彗も表情を戻し、

「実家は、東京」

そっけないまでに抑揚のない声でこたえた。

「え、じゃあ……」

衛藤は思わず初歩的な質問……だったらなんで一人暮らしなんかしてるんだ……をあやうく口にするところだった。

「いろいろあってさ、自立の道を模索してんだよ」

彗は最後には明るい声で言ったが、衛藤の胸には、かいまみた彗の翳がいつまでも残った。


「よお、衛藤《えとう》」

構内を歩いている時、後ろから声をかけられた。

大学の同級生だ。語学のクラスがいっしょだったこともあり、なんとなくつるんでいる。

合コンマニアの異名をとるそいつの用事というのは、

「今日、あるんだけどさ、お前来る?」

あんのじょうそんな内容だった。

反射的に頷《うなず》きかけ、でも、と考え直す。

「いや、オレはよしとく」

相手はえっという顔になり、相手の女子大の名を口にした。お嬢様学校として有名な私立の名門である。

「上玉がいっぱいだぜ？　マジ行かないの？」

衛藤が断ったことに、心底驚いているのが判《わか》る。

どうせオレなんてそんな奴《やつ》。衛藤は自嘲的《じちょうてき》に笑った。

「衛藤が合コンパスなんて……まさかお前、本命でもできた？」

「いや……」

夕雨《ゆう》の顔が浮かび、次いでそれは居候の顔に変わった。

「……」

「そうだよなー、お前が一人に決めるはずがないもんな」

同級生は一人頷いている。

自分だって驚いてんだよ、と衛藤は思う。このオレに、合コンを断る日がくるだなんて。

同級生の顔を見る。へらへら笑顔でぺらぺらの内容喋《しゃべ》って。

けど、オレはこいつと同類なのだ。なにか侘《わび》しい。

……。

彗《スイ》のぶうたれた表情が浮かんできた。

……。

衛藤は、背を向けた相手を周章《あわ》てて呼び止めた。

「いや、やっぱ行く。参加一名、決まり」

「なんだよ来んのかよ。びっくりしたぜ、さっきは。天変地異の前触れかと思ったもん」

衛藤の背中を叩《たた》きながら、笑い転げている。ラリアットのひとつもかましたくなるのは、同族嫌悪ということか。

それにしても彗だ。あんな時に、思い出させやがって。

合コンを断った理由の何パーセントかは彗にあるとうっすら気づいている。

オレ、あいつのこと……。

今朝の味噌汁《みそしる》は、豆腐《とうふ》と葱《ねぎ》だった。

彗のいる生活に、なんとなく馴染《なじ》みはじめている。

女であれ男であれ、これだけ一緒にいてなにもない相手なんて初めてだ。

もちろんトラウマうんぬんが面倒くさいという理由があるにせよ、ふだんの衛藤ならあのまま押し倒してやるだけのことはやる。そして追い出す。

ところが結局家に置くことになり、エロな場面なんかいっさいない。

そういえば最近ろくに遊んでないし、講義が終わったらさっさと家に帰る。彗の作るメシはうまい。なんだそりゃ。新婚家庭かうちは。しかもセックスレス。

そんなのでは人類滅亡に一役買ってしまうので、ひとつ、ここは心を入れ替えて、おネエちゃん界に復帰しようじゃないか。いや、妊娠されるのはごめんだが。

自分でも、自分の行動につじつまを合わせることができなくなっている。

なんかやばい。とりあえず合コン→お持ち帰りコースをキメてみようか……いや、部屋には彗がいる。作戦変更。さりげなく、「送っていくよ」とかなんとか言って、非実家暮らしでそれなりのルックスのギャルをゲットし、肩に回した腕に力をこめてキレイな言葉のひとつやふたつ囁《ささや》いてみるか。あーあ。結局かわり映えのしない繰り返しか。つまんないオレ。つまんない毎日。世間が思っている、遊び好きで派手好きなちゃらんぽらんの衛藤国春《くにはる》ってのはいったい誰のことなんだろうか。

次第に消えていくアイデンティティを感じる衛藤だった。

つまらない合コンだった。

会場は雰囲気のいい和食の居酒屋といったところか。まずはビールで乾杯する。

お相手のお嬢様学校のお嬢様学生は、たしかに厳選されたメンバーなのだろうが、衛藤《えとう》の気をひくような女子は残念ながらいない。

というか、どういう子なら気に入るのか自分でも判《わか》らない。なんでだ？　昨日までの自分に問い質《ただ》したいほどである。

適当に笑わせて、適当に喋《しゃべ》って。合コンってこんなに愉《たの》しくないものだったっけ。衛藤は、こんなことを毎週のように繰り返していた自分にうんざりする。

さっきから秋波を送ってくる、セミロングの髪の彼女。今日はあれを誘えばいいのか。

特にタイプでもないが、この中ではいちばんイケてるくさく、なおかつお嬢様の仮面の下に隠れている、はすっぱな匂《にお》いを鼻が嗅《か》ぎ当てている。こういうのが、あとくされなくていいわけだが。

衛藤がそんなふうに思いを巡らせていると、早くも一組のカップルが「彼女の家の門限が厳しい」という理由で離脱した。

潮時ってことか。

やれやれと思いつつ視線を戻すと、さっきの彼女が目配せをしてくる。

露骨だなあおい。しかしレディのご希望には沿わなければ。

衛藤が立ちあがると、彼女もすかさず立ってくる。特にどうしようとも思っていなかったが、仕切の前で振り返った衛藤に、猫のようにすり寄ってくると、

「ねえ、知ってる？　ここのトイレって男女兼用なのよ？」

ふーん。

以前ならここでさっさとキメるところだが、今日はそんな気にはなれなかった。

肘《ひじ》を胸の下で交差させ、どう？　と言いたげな目つきで見上げてくる。

そんな彼女が、ひどく醜く感じられ、衛藤は自分でも驚いた。据え膳《ぜん》を前にして、こんな気

分になったことが、かつてあっただろうか。

戸惑いながら彼女を見下ろす。自分によほど自信があるのだろう。衛藤をはなからターゲットとして狙っていたらしいことだけは再確認できたが、そんなものには意味がない。

衛藤はあらためて彼女を見下ろした。

挑戦的な眼差《まなざ》しが衛藤を値踏みしている。

値踏みすることはあっても、値踏みされるのはひじょうに気分が悪い。

そんなわがままな道理が通るはずもないが、今ここで、彼女に対する欲望はまったく発生していない。

で言った。

「安い女だな、お前」

柳眉《りゅうび》がきっとつり上がる。目が、信じられないというふうに大きく見開かれる。

次の瞬間、燥《かわ》いた音がして、頬《ほお》にビンタが食らわされる。

「サイテー！」

打たれた頬をそのままに、衛藤は店の出口に向かう彼女の背中を見送った。

頬は痛いが、心は痛まない。

彼女には悪いが、一片の興味も発生しなかったのだからしようがない。

一人席に戻った衛藤に、仲間が、

「なんだお前？　あの子と帰ったんじゃないの？」

「ふられた」

衛藤は素直に答えただけなのだが、とたんに座がわっと沸《わ》く。

「なにそれ、新手の冗談か？」

「うっそー、信じられない」

「お前、いったいなにやったん？」

衛藤は答えず、「信じられない」と言った彼女を見た。

「オレもあんまり信じたくはないけど、嫌われたみたいだな」

嫌われるようなことを言ったからな。

「その上ビンタも貰《もら》った」

「なに、殴《なぐ》られるようなこと、したわけ？」

「さあ」

好奇心まんまんに訊《き》いてくる友人をかわし、衛藤は通りかかった店員を呼び止めた。ウォッカのレモン割りを注文する。

「もったいなーい。衛藤くんがだめだなんて、彼女ちょっと思い上がってない？」

さっきの女の子が仲間に水を向ける。

「あー、最近タカビーだからね。鼻整形して以来、なんか自信持っちゃって」

「うそ！　あの鼻って整形だったの？」

「うわあ、マジ？」

たちまち一座は賑《にぎ》やかになり、爆弾発言をした彼女は得意になって、あの二重《ふたえ》まぶたもなんか怪しくない？　などと言って笑い転げている。

ろくでなしの世界だ。ろくでなしどもが織りなす激安世界。平気で仲間の悪口を言い、笑いあう最低な女たち。

今ここに本物の核ミサイルが着弾してきても、落としてもったいないような生命はきっとない。自分も含めて。

うんざりして、衛藤はその後はほとんど会話に参加せず、ひたすら飲み続けた。

「お、衛藤ふられた腹いせで飲みに入っております」

仲間がおどけて解説してくれるが、かまわずグラスを重ねる。

やがて解散となり、カップルになる者、二次会のカラオケに流れる者、それぞれに行き先を決める中、衛藤は一人帰路についた。

するとと幹事役の友人がすり寄ってくる。

「なんかまずかった？　今日の」

「いや。なんで？」

「だっておかしいじゃん。衛藤があぶれるなんて。ありえないじゃん。何か気にくわないこととか、あった？」

「べつにないよ。オレだってべつに、年がら年中百発百中ってわけじゃないさ」

「そっかあ？　今日の衛藤、なんかオーラが薄れてるんですけど。っていうか、最近？」

「……。もともとないんだよ、そんなもん」

衛藤は薄く笑って、じゃあなと背中を向けた。

オーラ消灯か。自分でも判っている。以前ならこういうの、愉しくて仕方なかったのだ。男も女も混ざっている席で、即その場を制圧してしまう気分は悪くない——というより、気持ちよかった。

しかし今は。なんでなんだか帰りを急ぎたがっている……部屋に戻ったって、待っているのはうかつに手出しできないトラウマボーイ。

こんな状況なのに、帰りたいのか？

もしかするとオレは——。

衛藤の考えはそこではたと立ち止まる。行ってはならない方に、どんどん向かっているのが判るから。踏んではならない一歩を踏み出すから。

莫迦莫迦《ばかばか》しい。最後には思った。やらせてもくれない相手を前に、どうしようっていうんだよ。

あれはただの居候で、失職させたのは自分だから、仕方なく置いてやっている。

それだけだ。

疲労を背負って帰ると、彗《スイ》が待っていた。

「おっかえりー」

いつものお出迎え。

「あ、飲んでるな？　その顔」

「飲んでるさ。オレの金をオレが使ってなにが悪い」

「そういう意味じゃないよ。悪いなんて言ってないじゃん。なに荒れてんの」

「……」

そう言われるとなんとも答えようがない。

「合コンだったんだろ。いいオネエちゃん、いた？」

「いたら一人で帰ってくるかよ」

「あ、そうか。あぶれたんだな。そんで機嫌が悪いのな」

「ちげーよ！」

思わず大声を出してしまった。彗はきょとんとしてこちらを見ている。

「いや。半分は正しいかな」

フォローに走る自分が情けない。

「半分？」

「気に入るのもいなかったし、なんかうざかった」

「ふうん。メシは？」

「あんま食ってない。小腹がすいたかな」

「おし！　じゃ、なんか作ってしんぜよう」

彗はぴょんぴょん跳ねるようにしてキッチンのほうへ行く。

……かわいい。

素直に思うが、口に出したらこいつ、出て行くんだろうなと思うと、彗にトラウマを植えつけた相手が心底憎らしい。

今ごろ酔いが回ってきた。衛藤《えとう》はテーブルに突っ伏す。

甘くていい匂《にお》いが漂ってくる。

「はい、一丁上がり」

キッチンから彗がやってきた。皿に載ったものには、見覚えがない。フランスパンらしいことは判る。

「フレンチトースト」

衛藤に教え、また立ってゆく。

今度はミルクティをふたつ持ってきた。

「お前は？　食わないの」

「メシ食ったからいい」

彗はティーカップを衛藤の前に置くと、

「さ、なにはともあれ、食ってみて」

「……ああ」

フランスパンのフレンチトーストなんて聞いたことがないが、名前からしてこちらのが正しいのかなあと思う。

ナイフを入れると、それはあんがい優しく崩れた。

口に運ぶ。歯ごたえはあるが、かむとメープルシロップがじゅんと染み出してくる。で、うまい。

フランスパンのフレンチトーストは、優しい味がした。飲みすぎた胃に、ふんわり溶けてゆくような。

「どう？」

「うまいよ」

衛藤は心からそう言った。

「こういうのも、店に出すのか？」

「デザートにね。まだ改良の余地はあるんだけどさ」

「なんだよ、オレは実験台か」

「そう言えなくもないね。紅茶、もっと飲む？」

「……うん」

飲みすぎたせいで、ひどく喉《のど》が渇いていた。身体が水分を欲しがっている。

というより、世界が回りはじめた。

衛藤はリビングに大の字になって寝そべった。

「なんだよ。つぶれちゃうぐらい飲んできたわけ？」

「そう。酒はいいぞ。都合の悪いことは全部流してくれるからな」

「そんなもんかな。俺飲めないから、判んないや」

ティーカップを両手で抱えて紅茶を飲む彗を下から見ていると、親猫に対する子猫みたいな気分になってくる。ふつう逆じゃないか？　年下だし、居候だし。でも彗は酔っていない。だからこの場合、オレが甘えてもよし。

「なに？」

彗はカップをテーブルに置いて不思議そうな顔をした。

「……オレって最低かなあ？」

「うん」

くだんの女子大生から投げつけられた言葉が、魚の骨がつかえるように、心のどこかに刺さっている。そしてこの即答。

「……」

「って冗談だよ。いい人じゃん」

「お前に言われると、いまいち信憑性《しんぴょうせい》ってのに欠く気がするな」

「じゃあ訊《き》くなよ」

「うん」

完全に甘えたい気分だった。言葉はきついが、根底に流れる優しさがある。

「なあ、膝《ひざ》貸して」

「膝?」

「膝枕《ひざまくら》。ちょっとだけでいい。ヘンなことはしないから」

「……」

彗はやや迷ったようだが、テーブルを回ってくると、衛藤の上頭のほうに坐《すわ》った。その膝に頭を乗せ、衛藤はやっと気分がほぐれてくるのを感じる。彗の膝は温かい。

「どうしたんだよ、急に。なんかあったの?」

「まあね。言われた」

「最低って?」

「合コンの席でだけどな」

「うーん。でもさ、基本的にいい人だと思うよ？　俺みたいの居候させてることが、なにより の証拠じゃんか」

「そうかな……そうかも」

下心はあったけれども。

「やめてって言ったらやめてくれたじゃん」

彗はいたずらっぽい眼差《まなざ》しで見下ろしてくる。

めちゃめちゃキスしたい。キスだけでいい。たぶん無理だろうけど、したい。

暴れる心を抑えつけ、

「それは……そりゃ、人道的なものとか」

言いながらおかしくなる。夕雨《ゆう》の時にその人道的見地からの分別ってやつがついていれば、こんなところで飲んだくれてはいない。

それとも、と思う。彗にだからこそこんなふうにすることができるのかもしれない。

トラウマを恐れる気持ちもあるが、だいたいなにか、優しい気持ちになれる。

「そか……オレはいい人か。初耳だけど、自慢しておこう」

「誰にだよ」

「大学の……オレをコマシだとか遊び人だとか言ってる奴《やっ》ら」

「なるほど。あんた敵が多そうだもんなあ」

「ほっといてくれ。自分で蒔《ま》いた種だ」

「その自覚はあると」

「だってオレ、実際ひどいもん。相手なんてしょっちゅう変わるし、本気の恋愛なんてのには無縁だし、しかもつねに同時進行で誰かいる」

「うわ、それはひどいな」

彗は言ったが、非難の響きはない。

「でもこないだ、オレ失恋しちゃってさ」

酔った勢いで、つい本音を漏《も》らしてしまう。

ダサいと言われるかと思ったが、彗は、

「ふうん」

「ふうん、じゃねえだろ。慰めろよ、こういう時は」

「だっていつだって誰かはいるんだろ?」

「そんなスペシャルなのは一人だけだったんだよ!」

あーなんか、こっ恥ずかしいこと言ってるなオレ。思ったが、彗は真顔で、

「それはさ、その相手っていうのがあんたのために用意された人じゃなかったってことじゃないの?」

「うん？」

「きっといるんだよ。誰でもが、きっと自分のために用意されてる人間がいて、うまくくっつけばそれが永遠ってことだろ」

「オレのために……オレのためにか」

衛藤は繰り返し呟《つぶや》いた。

「それがお前だったりしてな、俺ら。お互い」

ふと口にした言葉に、我ながらぎょっとした。もちろんそれは、彗なら大歓迎だけど……。

「へ、へんなこと言うなよ」

彗は周章《あわ》てた声で言い、見上げる衛藤の目を手で塞《ふさ》ぐ。

「そそ、そうだよな」

衛藤も急いで同意した。

しーん。

奇妙な沈黙が訪れる。手をどけると、彗はほんの少し顔を赤らめていた。

む？

これは脈あり？　それともそうでもないの？

急に艶《つや》っぽくなる場面。いかんいかん、これ以上見ていたらオレがやばい。

「そんな相手、オレにもいんのかなあ？」

胡麻化《ごまか》した衛藤に、彗は冷たい声で、

「いなさそう」

急にがくんと頭《こうべ》を垂れた衛藤の頭を、ぽんぽんと叩《たた》いた。

「冗談だよ、きっといるさ、あんたにだって」

「べつにいいよ、どうせオレなんて孤独で寂しい老後を迎えるんだ」

「だからあ。そうとでも思わなきゃ、やってられないじゃん。夢でもさ、錯覚だっていいんだよ。俺ずっとそう思ってきたよ？」

彗は一息ついて、

「俺、昔、つうか最近まで兄ちゃんと寝てたんだ」

「え？」

突然の告白に、衛藤は頭を持ち上げて彗を見る。

その頭を自分の膝に押さえつけるようにして戻すと、

「近所の兄ちゃんとかじゃなくて、ちゃんと血のつながった人。最初は小四の頃かな」

「……！」

脳裏に、彗を押し倒した時のことが甦《よみがえ》った。

やめて、お兄ちゃん……あれは、マジで実の兄だったってことか？

「兄貴はさ、成績優秀でずっとエリートコースできて、でもその……女の子に興味持ったりする人じゃなかったんだな」

「それで性欲のはけ口を弟に？」

衛藤は無理矢理起き上がった。

「最低じゃんか、そんなの！　ひでーよ、それ」

「ひどいんだけどさ。俺は昔っから兄ちゃんの言うことはなんでも聞かされてたし、俺に他の使い道がないならそれでもしょうがないのかなって」

「納得してんなよ！　人権団体だとかなんだとか、そういうところに訴えてやるぞ！」

「なんであんたが訴えるんだよ」

彗は笑った。

その笑顔がひどくはかなげで切なくて、衛藤は彗をぎゅっと抱きしめたい衝動に駆られる。だが、そんなことをしたらその最低兄ちゃんと同じになってしまう。

「親はどうなってんだ、親は」

「さあ？　たぶん、俺が涙ながらに訴えても、それは俺が悪いってことになるんじゃないのかな、最終的には」

「んなこと……どうなってんだよ！」

「だってさ、家族にはなかなか言えないもんだよ？　まして兄ちゃんは希望の星だし」

彗は肩を竦《すく》めた。

「だからさ、俺出て行くことにしたんだ。高校も二年でやめた」

それからは、アルバイトを転々とする生活だったらしい。

「そんな……ただの変態が希望の星かよ！」

衛藤はぐさりとフォークをフレンチトーストに突き立てた。

が、

「ま、オレも似たようなもんだったけどさ……」

即行で思い出して意気消沈する。

彗は笑って、

「あんたは違うよ。ただの遊び人ってだけだろ。うちの兄ちゃんは毀《こわ》れまくってるから」

「……嬉しくねーよ、そんな比較」

衛藤は釈然としない気分でフォークに突き刺したフレンチトーストを口に運んだ。

染み出してくるこのシロップみたいに、といつにない考えが浮かんだ。いつかお前の苦痛や辛《つら》さが流れてなくなってしまえばいいな。

……口には出さなかったが。

翌朝目醒《めざ》めると、テーブルの前で、すでに午後だった。

衛藤はのろのろ起きあがった。そこで初めて、あのまま酔いつぶれて眠ってしまったことを知る。肩から毛布が滑《すべ》り落ちた。

「……」

フローリングの床にずっと寝ていたせいか、身体じゅうが痛い。

彗は、と思い、そういやと思い出した。バイトの面接がどうとか言っていたっけ。

しかし、律儀にも朝食の用意がきちんとされている。アジの開きとしらすの大根おろし。筑《ちく》前煮《ぜんに》。

こんなもの作ってんなら、ベッドまで運んでくれよな。

思うものの、実は内心嬉しい。彗はオレを見捨てない。

筑前煮の碗《わん》の下に、メモ用紙が挟まっていた。

衛藤はそれを、しげしげと読んだ。

『風邪ひくなよ。看病なんかごめんだ』

不器用な感じの、でも彗らしい言葉と文字のメッセージ。

衛藤は思わずメモ用紙を胸に抱きしめてしまった。


面接にも無事受かり、彗《スイ》は近くの雑貨屋で働くことになったらしい。

九時半から五時まで。休みは水曜日。

なので、食事の支度はあい変わらず彗の当番だ。

衛藤《えとう》はといえば風呂場の電球を取り替えろだとかここのところにちょっと棚《たな》が欲しいと言われて大工仕事をしたり、すっかり「休日のお父さん」である。

それでもいい。彗といっしょにいられるならいい。

彗に向かう感情がなんなのか、もう衛藤は気づいている。

好きなんだオレ。

この、勝ち気で生意気で、しかし哀しみを抱えた面倒くさい坊ちゃんに、本気でヤられちゃってんだ。

思えば最初から惹《ひ》かれていたのかもしれない。

あのカフェの、風景と化した従業員の中で、彗だけが切り取られたように新鮮に映った。

それは新顔だからとか見た目がイケているとかそういうことではなく、むろん彗の過去を知って興味をひかれたわけでもない。

最初から、決まっていたのだ。

衛藤にとっての、特別な何か。

けれど、それを打ち明けたところでどうにもならないんだろう。男同士のセックスに対して、彗には恐怖しかないみたいだし、無理に押し倒したらど腐れ兄貴と同じになる。

そんなものは絶対厭《いや》。

しかし、部屋で二人でいるとむらむらするのを止めることはできない。

かといって、関係の強要もできない。

なんだよオレ、オレは天下のプレイボーイだぜ？　あんなくそガキの一人や二人、ちょろいちょろい。

と思ってはみるものの、いざ、相手を前にすると臆病《おくびょう》な兎《うさぎ》よろしく後退《あとずさ》りしてしまうのも事実。

手なずけられてやんの。

ひょっとしたら、兄貴がどうこういうのだって、作り話かもしれないのである。

そしたら問題ナッシング。すぐに押し倒してベッドにゴーだ。

しかし、そんなことをしてしまったら、どうなるのか判《わか》らない。彗の怯《おび》え方は本物だったし、お兄ちゃん、と叫ぶ声の悲愴さは嘘なんかじゃない。

でも衛藤の性向を知ってでもなお、ここにいるのである。あんがいまんざらでもなかったりして……兄貴とオレとは違うもんな。

どうするのか。どうなるのか。

答えは出ないまま、煩悩《ぼんのう》の夜はぐるぐる渦巻きながら更けてゆくのだった。

ふう。

このままなにごともなく、彗《スイ》と愉《たの》しく暮らして行くのも悪くないのかなあと思いはするものの、実際二十一歳健康な男子として、健全な性欲はある。

ほんとにやりたい奴とはやれないし、べつに操を立てているわけでもないんだし、と少々勁《つよ》気《き》になって、てきとうに引っかけた男をどうにかホテルに連れ込んだ。

が。

恐ろしいことに、衛藤《えとう》は勃《た》たなかった。

なんで？　なんで？　なんでー？

「よくあることじゃないか。気にしないで」

相手は優しく言ってくれはしたが、そんなのなんの意味もないっての。

しかるべき時にしかるべきシチュエーション、なのに肝心の時に役に立たなかった、なんていう屈辱《くつじょく》を味わったことはない。「よくある」ことじゃないんだよ！

彗の顔がふっと浮かぶ。あいつか？

あいつじゃなきゃ勃たないと言うのか？

……情けない気分で家路につく。くたびれた黒猫が、よたよた塀の上を歩いている。

帰ってみると、彗はソファ——そこが彗の寝場所なのだ——ですやすや眠っていた。

はあ、お寝《やす》みですか、子猫ちゃん。

あーあと思う。夕雨《ゆう》を喪《うしな》って、その穴埋めのように彗がうちに来て、夕雨のことで痛んでいた気持ちが少しずつやわらいでいく。

誰もに、そいつのために用意されている相手がいると、こいつは言った。

すると、と衛藤は思う。ひょっとしてオレ用に用意されてる奴って、こいつだったりしねえか？

彗は、そんな衛藤の邪《よこしま》な心など知るよしもない。ただ、眠っている。

「こら、起きろ」

その顔に向かって言う。

額をぴんとはじいたが、起きる様子もない。

「起きないと、キスしちゃうぞ？」

すやすや。

衛藤は彗の顔に唇を近づけた。躊躇《ためら》った後、頬《ほお》に軽く触れるだけのキスにする。

とたんに、下腹部に血液が集まった。

い、いかん。衛藤はたじろぐ。この衛藤国春《くにはる》ともあろう者が、こんなキスだけで勃起してんじゃねーよ。

というか……。

やはり原因は彗なのか？

オレ、こいつじゃないとだめな身体になってる？

あの厄介で面倒そうなトラウマくんに。

――ホレちゃってる。

再度確認すると頭を抱え込んだ。どうすんだよオレ。こんな奴に惚《ほ》れたって、なんら発展的な展開は希《のぞ》めないぞ。

だいたいヤレないし……。

混乱する衛藤をよそに、彗は眠り続けている。

その寝顔を見るだけで癒《いや》されてる。

なんだオレ、マジ純愛しちゃってる。

こんな自分は自分じゃないと思いつつも、衛藤はその愛しい者の寝顔を見つめ続けた。

誰かこの状況を打開してくれ。できればハッピーな形の結末がいい。

でもそれには、こいつのトラウマ……実兄による性的暴力……をクリアしなければならない。

実家にねじ込んでクソ兄貴をボコるか。

いやそんなことですむ話じゃないな。腐れ兄貴をどついたぐらいで治るトラウマならトラウマとは呼べない。

さしあたって自分にできそうなことは――見まもるだけ？　つうかなんだその恥ずかしいフレーズは。オレは衛藤国春だぜ。狙った相手は百発百中なんだぜ？

やり場のない気持ちをもてあましていると、彗が急に顔をしかめた。

苦しそうな顔で、なにごとか呟《つぶや》きはじめる。

「……いや、だ……いやだ、やめて」

衛藤はぎくりとする。彗の見ている夢の内容を察知したからだ。

「やだ……お兄ちゃん、痛いよ、痛い」

苦痛に寝顔を歪《ゆが》ませ、彗は悲痛な声を上げる。

いかん。

衛藤はその肩に手をかけ、揺さぶった。

「彗、どうした。起きろよ、彗！」

彗は薄っすら目を開いた。そのまなじりから涙が溢《あふ》れる。

「やだ……お兄ちゃん」

まだ夢の続きを見ているのか、彗は震え、衛藤の存在にすら気づかない様子だ。

何度か揺さぶり、その頬を軽く叩《たた》いた。彗ははっとしたように目を見開く。だんだん、現実を取り戻しつつあるようだ。

「だいじょうぶか、彗」

「彗……？」

覗《のぞ》き込む衛藤の顔を認識したようで、胸に倒れ込んできた。

「夢、見てた。昔の」

「……うん」

その身体を、衛藤はしっかり抱きしめる。

「厭だって言うのに兄ちゃんが……無理矢理……足開かされて」

「もういい、もういいよ、彗」

抱きしめたまま、衛藤はその背中を撫でた。

「もう考えるな」

「……痛かった。なんでこんなことをされるのか判んなかった」

「うん、うん」

「怖かったんだ」

「だいじょうぶだよ、彗。兄貴はここにはいない。悪夢は去ったんだ」

「……うん」

「見つけてもしこっちにきたら、オレが半殺しの目にあわせてやる」

衛藤は言った。邪な気分は失せて、何か勁《つよ》い、力がみなぎるような気持ちが湧《わ》いてくる。

愛する者を守ろうとすること。

その気持ちの正体を知ったのは、彗が再び眠りにおちた後である。

オレにもそんな感情があったのか。

意外だった。

彗《スイ》へ向かう気持ちを自覚してしまったため、それからの衛藤《えとう》は葛藤《かっとう》の日々である。

寝そべってゲームをやっている彗、冷蔵庫の前で牛乳を飲んでいる彗、料理をしている彗……すべてが愛しくて、思わず後ろから抱きしめたくなる。抱きしめるだけならともかく、そこから先のあんなことや、こんなこと。

想像するだけで身体の一部が反応してしまう。で、周章《あわ》ててトイレにいって自分で処理。へこんでしまう。なんだこれは。オレは本当にオレなのか？

恋をゲームと割り切っていた頃にはおぼえなかった罪悪感が、ひたひたと打ち寄せてくる。

彗は衛藤の気持ちを知らない。特に出ていけなどと言ったりせず、生活費は出してくれる、メシもうまいと言ってくれる「いい人」だと思っているらしいのが、罪の意識を肥大させる。どうなんだろう、どうよオレ？

だが、そんなだらだらと悶々《もんもん》をミックスしたような生活に突然終わりがくる。

彗が部屋を出て行くと言い出したのだ。

居候が始まって一ヵ月後である。

衛藤には寝耳に水だったのだが、彗は前から決めていたらしい。

「いつまでも居候してらんないだろ。アパートの礼金敷金もどうにか貯まったし」

「そんなもの……」

衛藤は言葉が出ない。どう言ったら、納得してここにとどまってくれるのか。

「あ、今までの家賃っていうか居候代はローンで返す。いい？」

衛藤の胸中をよそに彗は生き生きした様子である。

なんともいえない感情がこみ上げてくる。

「……だめっていったら？」

「え？」

「ローンじゃなく、一括で今すぐ払えって言ったらどうする？」

「そ、そんな……えーと……」

彗は指を折って数えはじめる。本気で一括返済を考えている様子に、衛藤は苛立《いらだ》った。

「だから。べつに不自由してないんだし、ずっとここで暮らせばいいじゃん。一人暮らしは金かかるぞ？　生活費はオレが見るし、家賃はいらないから」

衛藤は冗談めかして言ったのだが、その気持ちは本当だった。

だから、彗にも伝わったのだろうか。

「なに、それ」

眉《まゆ》を上げる。

「オレを、飼い犬にでもしようと？　金持ち坊ちゃんの道楽で、今まで飼ってたつもりか」

「そ、そういうわけじゃ」

雲行きが怪しくなってきた。

「ただその、オレは……」

弱気になりかけ、そんなのは自分らしくない、と開き直る。

「そうだよ？　お前可愛《かわい》いもん。飼っておくにはいいペットだよ。家事はしてもらえるし、これでセックスがついたら、お手当まで出したいところだ」

彗の顔がみるみる変わる。

「……そんな気持ちで、今まで一緒に暮らしてたっていうのかよ？」

「だったら？」

「莫迦《ばか》にすんな！」

彗は床を蹴《け》った。

「オレが行くとこなくて貧乏で、実家にも帰れないの知ってて、あんたはつけ入る隙《すき》を狙ってたんだな？」

「そうだよ？　セックスできない相手をいつまでも養っておくなんて莫迦らしいからな。トラウマなんてくそくらえだ。なんなら今から押し倒してヤってやろうか？」

言いながら、なんで、と衛藤は自問する。こんなことで争ってなきゃならないんだ？　しかもオレ悪役。心にもないことをズラズラ喋《しゃべ》って、事態を悪化させていっている……素直に好きって、その一言がなんで言えない？

「――ってたのに」

彗が呟《つぶや》いた。

「え？」

「あんたのこと、好きになりかかってたのに！」

後頭部を何か重いもので殴《なぐ》られたような気がした。好きに、好きに、好きになりかけていた……？

「彗、オレは」

「もういいよ。いい人だなんて一瞬でも思った俺が莫迦だった」

「彗、違うんだ」

衛藤は必死になって言った。

「なんだよっ」

彗はすでにバッグを抱えて出て行こうとしている。

玄関まで追いかけ、衛藤はすがるようにした。

「オレはお前のことが好きだ。愛してるんだよ」

彗の背中がぴくりと震えた。

「行かないでくれ、彗。オレを捨てないでくれよ」

自分でもびっくりするぐらいすらすら出てきた。本音っていうやつ。偽らざる本当の気持ちというやつ。

しかし彗はドアに手をかけた。

「彗！」

動けないでいる衛藤を置き去りに、ドアはばたんと閉まった。

最悪だ……。

学生ホールの椅子に腰かけ、衛藤《えとう》はその日何度目かの重いため息をついた。

家にいると一人で悶々《もんもん》として昏《くら》くなってゆくばかりなので、こうして登校してみたが、講義のあいだじゅう、考えるのは彗《スイ》のことばかりである。その度床にめり込んで行きそうなどんよりとした後悔に見舞われる。

なんでこんなことになったんだろう……。

幾度記憶のテープを巻き戻してみても、結局のところは自分の身勝手な言い分が彗のプライドを傷つけた、それだけである。

プライド――。

今まで他人の気持ちを尊重したことなどあっただろうか。いつだってわがままで、傍若無人にふるまってきた。で、夕雨《ゆう》をなくした。

だから、今度はうまくやろうと思ったのに……。

無理なセックスを強要せず、ひたすら欲望を抑えてきたというのに。

でも彗は出ていってしまった。

衛藤に残るのは鈍い痛みと後悔、それだけである。

しょせんオレは衛藤国春《くにはる》でしかないのか。衆人が認めるところの、派手好きの遊び人で、浮ついた、誠意などかけらもない男。

それならそうで、元通りのオレ様ってやつになってみるか。歩けばちゃらちゃら音のするような生活に。

……だが、開き直りとはうらはらに、冴《さ》えない気分。合コンに参加する気もしなければ、他の誰かと遊んでみようという気にさえなれない。

完全に骨抜きにされちゃったってことか……苦い笑いがこみ上げてくる。

あんな、生意気で、負けん気が強いくせに恐がりで、人の家に上がり込んでくるようなずうずうしい男に。

合コンの誘いを断って、衛藤はその日も一人帰路についた。道行く誰もが幸せそうに見えるのがむかつく。

家に帰っても、夕食にはあずかれないので、目についたカフェに適当に入った。そういえば、夕雨とよく来た店だ。チキンピタサンドというのがうまい。

それを注文し、入り口近くのテーブルでげんなりしていると、新しく入って来た客があ、という声を上げた。

顔を上げて、衛藤ははっとする。

「夕雨……」

夕雨は困った様子で、えーと、と立ち止まっている。

「ここ坐《すわ》れば?」

「……」

「だいじょうぶだって。もう口説いたりしないから」

衛藤が言うと、ちょっと笑った。

「でも、俺も待ち合わせなんだけど」

「その頃にはオレははける。怯《おび》えんな」

「いや、怯えてるわけじゃ……」

ちょっと躊躇《ためら》った後、夕雨は衛藤と向かい合わせに坐る。注文を取りに来た背の高いウェイターに「キャラメルミントティー」とオーダーした。

「やっぱりそれなんだな、お前」

「え?」

「いつでも注文してたじゃん、キャラメルミントティー」

「衛藤さんだって、同じもの食ってるじゃないか」

夕雨は衛藤の前に置かれたプレートを見て言う。

「そういえば……そうだったのかな」

「お互いかわり映えしないってことかなあ」

「かわり映え……してるじゃん、お前」

「え？」

「前よりよく笑うようになった。笑顔が変わった」

「そ、そうかな」

夕雨はうつむき、もじもじとしている。

「待ち合わせって、あの翻訳家？」

「あ？　え、ええ」

不意打ちをくらったように夕雨は言い、ほんの少し恥ずかしそうにしている。

色っぽくなったなあと思う。仕種《しぐさ》のひとつひとつになんともいえない艶《つや》っぽさがある。

そしてそれは、あの男によってのものなのだろう。

「幸せなんだな、いま、お前」

思わず呟《つぶや》いていた。夕雨は心持ち赤くなった顔を上げ、

「衛藤さんだって」

言いかけ、後が続かなかったのは、よほどひどい顔になっていたのだろう。

「オレ？　オレはふられたばっかだよ」

自嘲《じちょう》気味に答えると、夕雨は目を見開いた。

「衛藤さんが？　そんな……」

「本気の相手なんかできるわけないと思ってんだろ」

「い、いや、そうじゃないけど……衛藤さんをふるなんて」

「お前だってふったじゃん」

「え、オレ？　俺はだって……」

「言っただろ。オレはかなり本気だったたって、最後に」

「……でも……」

それは他の男のほうへ向かう夕雨をつなぎとめるための方便だったと、夕雨は今でも思っているのだろう。手に入れたものを、自分から捨てるのでなければ納得しない男だと。

そして、それはたぶん正しい。

「心配すんな。お前のことはふっきった」

「……」

「っていうか、お前なんか較べものにならないぐらい好きだったんだぜ？　オレ」

「そ、それは……また……なんというか」

夕雨は困った様子で目を瞠《みは》ったままでいる。

「同情すんなって言ってんだろ」

「いや、してないけど」

困り顔のまま言葉を探す夕雨を見ながら、衛藤は完全に夕雨のことは過去のものになってしまったことを知る。だって口説き文句も出てこない。冗談にしても出てこない。浮かぶのは彗の顔だった。

「でも衛藤さんがそんだけ本気なんだったら、相手だってきっと受け入れてくれる……と思うよ？」

「お前に本気だって言った時、お前受け入れてくれた？」

「……」

「いいよべつに。腹いせにお前をいたぶりたいわけじゃない」

「衛藤さん」

「今、お前見て思った。オレ悪いけど、そいつのことしか考えらんないわ」

さすがに気を悪くするかと思ったのだが夕雨は、

「そうですか」

と笑った。

「よかった」

「なにが」

「衛藤さんにも、そんなに好きになれる人が現れて」

「よくねえよ。ふられたって言っただろう」

「うーん」

夕雨は小首を傾げてしばし考えていたが、

「きっとまた、出会えるよ、次の本気の相手に」

「簡単に言うけどどなあ」

この次の「本気」になんて、一生出会えないかもしれない。まさに彗星《すいせい》のごとくだ。

「……まあ、いいけどな、べつに」

「簡単かもしれないけど、俺、衛藤さんにそういう誰かにのめりこむような部分はないと思ってたから。いつもどっか、醒《さ》めてる感じで」

「悪かったよ、その節は」

「いや、いいんだ。本気とかそういう部分があるんなら、次はきっと、うまくいく……と思う」

「『と思う』ばっかだな」

「すいません」

「謝んなくていいけどさ……こなかったらまたそっちに戻っていい？　って冗談だよ」

絶句しかかった夕雨を、衛藤はしみじみと見つめた。

「な、なんか？」

「いや。もういっぺん顔が見たくて、お前のところに行ったんだよ。オレ、ストーカーみたいにさ」

「そんな……」

「そしたらあいつが待っててな。お前は犬っころみたいに小走りで車に乗ってった。あんな笑顔は、オレには引き出せなかった」

「……」

「だからな、その時悟《さと》ったんだよ。もうお前は戻ってこないって」

「俺は……」

「オレとつきあってた頃より全然いい顔してる。幸せなんだな」

夕雨は赤い顔のまま、頷《うなず》いた。

「ならいいんだ。それでオレも完全にふっきれる」

「衛藤さん……なんか今日の衛藤さん、衛藤さんじゃないみたいだけど……本当に好きなんだな、その人が」

夕雨は言うが、それは終わった話なのだ。

けれどどんなふられ方をしたのかまでは話したくない。

「まあな。じゃ、せいぜい、今まで培《つちか》ってきた手練手管《てれんてくだ》で、次の恋を探すとするよ」

「衛藤さん」

「というところで、失礼するか。あいつと鉢合わせだけは勘弁だからな」

衛藤は立ちあがった。

出口に向かって歩き出す。

振り返ると、夕雨はぴょこりと頭を下げた。

やれやれ、まったくお人好《ひとよ》しだ。

それでも夕雨に伝えたかったことだけは伝えることができて、衛藤は満足してカフェを後にする。曲がり角で、紺のセルシオとすれ違った。

「……」

衛藤は振り返り、カフェのほうに向かっていく車を見送る。

お幸せに。


彗《スイ》が働いている雑貨屋は、衛藤《えとう》の家からほど近いところにある。

出て行かれて三日目、衛藤はこっそりその雑貨屋の入っているファッションビルへ行った。

店は三階にあって、若い女性が何人かいる。

入りづらいので向かいの本屋で雑誌を見るふりをして様子を窺《うかが》う。

……つくづくストーカー体質だ、オレ。

彗は商品を整理したり、話しかける客の相手になったりと、愉《たの》しげに働いているようだ。

だったら、いいのか。

自分の胸に問いかける。今、彗が幸せならばそれでいい。

オレのことは置き去りにしても……そりゃあんなひどい言葉をぶつけたのだ。今さらすまんとも言えない。

それは彗だって同じだろう。というより、彗はもう自分のことなどどうでもいいと思っているのだろうし。

口実はある。彗から鍵《かぎ》を返してもらっていない。でも鍵を返されたら、ほんとうにそこで切れてしまう。彗との距離。見えなくなってしまう。

なんでオレ、こんなに未練がましいんだ?

夕《ゆ》雨《う》のことといい、彗のことといい、我ながら厭《いや》になる。根っから遊び人の無責任男だったはず。なのに、別れた後もこうしてうじうじ様子を見に来たりして、もうほんとオレはオレが厭。

しだいにあほらしくなってきた。

読んでいるふりをしていた雑誌を棚《たな》に戻し、衛藤はその場を去ろうとした。と、その時ふいと彗がこちらを見た。

衛藤は急いで踵《きびす》を返した。判《わか》っただろうか。エスカレーターに向かいながらどきどきする。彗に、自分の姿を見られてしまったか？

急いで駆け下りる。心臓がどくどく言っているのは、走ったせいばかりではない。

……彗。

やらせなくても触らせなくてもいい。一緒にいたい。

そう願うこの気持ちも、赦《ゆる》されないことなのか？

今まで足蹴《あしげ》にしたり、おざなりに扱ったり、それどころか顔も憶《おぼ》えていない、遊び相手のことが心に浮かんだ。

情けもなく、本気のかけらもなかったことへの、これは報いなのか……。

衛藤は携帯を取り出した。着信メールを見る。合コンの誘いが二件。こんなのばっかりだ。

合コンなあ……のれずに終わった前回のことを考えると、今ひとつ行く気がしない。

だが、彗のいない部屋へと、このましょぼくれて帰るのは厭だった。

とりあえず飲もう。

衛藤は「ＯＫ」の返事を二件中の一件に送信し、携帯を切った。

やはり盛り上がれなかった。このあいだと同じ。相手は自動車メーカーに勤務するＯＬのお姉様。ショールームのコンパニオンだそうで、まあそれなりの顔ぶれなんだろうが、今ひとつ説得力にかけるルックス。

と思えるのは衛藤《えとう》だけと見えて、男たちはしきりとお姉様方のご機嫌とりに精を出している。莫迦莫迦《ばかばか》しい。

衛藤はとうとう、途中で立ちあがってしまった。

「衛藤？」

「悪いけど帰るわ」

「なに言ってんのお前」

「用事思い出した。じゃあな」

座がとたんにしらっとしてしまったのが判る。幹事が恨めしげに見上げてくる。

もうこいつからの誘いはかからないだろうな、と思う。お姉様たちも、あきらかに気分を害されたご様子。こりゃ、後からこのメンツに詰め寄られてもしょうがないな。

どうでもいいや、そんなこと。衛藤はそのまま店を出た。

自分でもなにやってんのかなあと思う。合コン帝王の衛藤国春《くにはる》は今どこに。そもそも、そいつは実在したのか。

気持ちがただひとつの方向に行ってしまっているのが自分でも判った。

かといって、何ができるというものでもない。取り戻したいものはひとつだけ。そしてそれは戻ってこない。

重たい気分を引きずって、コーポまで戻る。

階段を上がろうとしてはっとした。

部屋に灯《あか》りがついている。

おい、どういうこと？

もしかしたら……いやまさか。

ほんとにまさかだ。出かける時に消し忘れただけだ。

そう自分に言い聞かせながら階段を駆け上がった。鼓動は跳ね上がっている。

震える手で鍵を差し込む。

と、

「遅いぞ」

リビングの真ん中に体育坐《ずわ》りしている彗《スイ》の姿。

一瞬、何がなんだか判らなくなる。初めて彗がここに来た日のことが甦《よみがえ》る。とうとう時間を巻き戻す超能力まで備わったのか？　オレ。

しかし、彗はきわめてそっけなく、

「どうせまた合コンだろうが。遊び好きって治らねえのな」

減らず口を叩《たた》いてくるのでよけい混乱する。

「お、お前……彗？」

驚いたあまりに、そんなまぬけな問いを発してしまった。

「他の誰だっていうんだよ」

「だ、だってお前、出ていったんじゃ……」

部屋を見つけて快適な一人暮らしライフを満喫《まんきつ》していたのでは？

「出たけど、帰りたくなったの」

彗はつまらなさそうに言った。

「帰る……ってどこに？　オレの家に？」

「不本意なんだけど、俺、どうやらあんたに惚《ほ》れてるみたいだ」

衛藤は耳を疑った。これは夢か？　夢なのか？　オレ都合のいい夢を勝手に見てる？

だって、それというのは……それっていうのは……。

「だ、だってお前、男はだめだったんじゃ？」

「だめだよ？　でもあんたとは一緒にいたい。あんたといると愉《たの》しくていい気分になる。それって好きってことじゃないのか？」

衛藤は啞然《あぜん》としてこの突然の告白を受け止める。足がふわふわして、床から数センチのところを漂っているみたいだ。

ついさっきまでぱっとしない気分だったのが嘘のように昂揚《こうよう》する。

「彗！」

叫んで、その細い身体を抱きすくめた。

そのまま唇を重ねた。口腔《こうこう》内をまさぐり、舌をからめとる。

キスしながら、抱いた腕に力をこめると、彗がびくんと震えた。

あ……。

衛藤は思わず身を退《ひ》く。唇が離れると、彗の眸《ひとみ》に怯《おび》えを見た。

「ご、ごめん、俺」

周章《あわ》てて謝る。人に謝るなんて、人生の中で何回あっただろうか。

「いいんだ……オレのほうこそ、ごめん」

彗は両肩を自分で抱きしめるようにして、動揺と闘っているようだ。たぶん、衛藤の身体の変化に気づいたからだろう。

「こんなんじゃ……あんたのそばにいるなんて無理だよね。あんたは健全な成人男子なんだし」

いや、男もいけるという点で、ほんとうに「健全」といっていいのかどうか判らないが。

「いいよ。彗がもっとオレのことを好きになって、オレのことを知りたいと思ったら、その時

がきたら言ってくれたらいい」

「そんなんで……いいのか？」

「ま、そんな日は永久に来ないかもしらんが」

「そんなことない！」

大声で言った後、彗は、

「きっとそうなるよ。いつまでかかるか判んないけど……俺、その……」

うつむいて、

「……バックのほうはあれだけど、手とか口なら……だいじょうぶだよ。できるよ」

もそもそ言うのに、衛藤は胸を衝《つ》かれた。

たぶん、そういうことを、「お兄ちゃん」によって仕込まれてきたのだろう。

衛藤は、そんな彗を痛ましい思いで見つめる。

もちろん、じゃあそっちのほうでお願いします、などとは言えない。

心が揺れている。彗と愛し合いたい。彗とひとつになりたい。それには、身体を繋《つな》げることが必要で、とりあえずの性欲のはけ口に彗を使ってはならない、と自分に言い聞かせる。

「いいよ、そんな、兄貴伝授の技なんかしてくれなくて」

で、言った。

「衛藤……」

「ゆっくり行こうぜ、ゆっくりな」

衛藤はもう一度彗の身体を抱いた。背中をぽんぽんと叩いてやる。

「衛藤……案外優しいんだな」

「優しくねえよ。オレなんて、しょせんはケダモノだからな」

「ケダモノだったら、とっくに俺押し倒されてるんじゃゃ……」

「それはもう懲《こ》りた」

衛藤が言うと、彗はあはは、と笑った。

心からの笑顔だ。衛藤も嬉しくなる。

こんな自分もいたんだな。

彗と一緒にいると新しい発見だらけだな。

その時腹がぐうっと鳴った。

「……」

「あ、いや」

なぜか周章《あわ》ててしまった。そんな衛藤に、彗は、

「なに、腹すいてんの。何か作る?」

「うん……こないだのフレンチトーストがいい」

衛藤が答えると、彗はよしっと立ち上がった。

キッチンスペースにしゃがみこんで、冷蔵庫から牛乳や卵を取り出している彗の背中を見つめていると、ふたたびむらむらとしてくる。

なんだよ、オレ。やっぱこいつしかいねえってか。

神様が与えてくれた、たった一人の恋人。

衛藤はその背後に忍び寄り、後ろから抱きしめた。

「っ。なんだよっ」

「やっぱ気が変わった。ここでやっちまおう」

「アホか！」

パコーンと、泡立て器で殴《なぐ》られてしまう。

「や、うそ、うそ。冗談だって」

衛藤は急いで身体を離した。

が、股間《こかん》で高まる欲望は、彗にも伝わっていただろう。

疑わしげにこちらを見やるので、

「もう一回キスしたい」

素直に言った。

「だめ？」

「いや……キスだけならいいけど」

当惑したように彗は言い、衛藤は顔を近づけてその唇にキス。

軽く触れあわせただけなのに、股間のものはさらにどくんと大きく脈を打つ。

マジでやばそう。衛藤はすぐに離れた。

「キスはしような？　もっともっとたくさん」

「うん」

彗は頷《うなず》き、その仕種《しぐさ》までが愛おしくて、衛藤は回れ右をしてトイレに駆け込む。

……間一髪、セーフ。

しかしキスだけでイっちゃってるのはどこの童貞くんだ？　オレなんかもう、いつでもやってやってやりまくりの毎日だったのに。

でも、もうやめた。

心を傾ける相手はただ一人。

どのみち、もう他の相手では欲情しなくなったんだから、そりゃ一人だけだ。

しかし、毎回キスの度にこれじゃあなあと、やや心細く思ったりする。彗を傷つけたくはないが、いつ本能が理性を凌駕《りょうが》するか判ったもんじゃない。

それでも、と思う。キスだけでハッピーになれるなら、それはそれで悪くないんじゃない？

もっともっとキスをして、もっと心を近づけて、そしていつか二人がひとつになれる時を待てばいい。

ようやく本当に大切なものを手に入れた、衛藤国春、二十一歳の春だった。

想うということ

いつの日からか、不思議に思っていた。

風はどこから吹き、どこに帰るのか。

川の水は、どこから流れて、どこに流れつくのか。

何度も考えてみたけれど、答えは出ない。

それは、風が吹くのに理由がないのと同じく、水が流れるのにも特別ななにかがあるわけではないということなのか。

おれがここにいるのも、だとすれば理由のないことになるのかな。

春が過ぎて、夏になっても、まだおれはここにいる。


衛藤国春《えとうくにはる》とは、最悪の出会い方をした。

カフェでバイトをしていたおれの足に、奴《やつ》はわざと自分の足を引っかけてきやがった。トレイはひっくりかえり、グラスが割れ、おれは床に尻餅《しりもち》をついた。

それなのにへらへらとしてやがるもんだから、おれは逆ギレしてしまい、店における最大の禁則……お客様に不快感を与えてはならないこと……を破って、結果、お払い箱になってしまったのだ。

しかしおれは、散らばった衛藤の持ち物の中から、免許証をくすねておいた。

なにかのおりに使えるかもしれない、という邪悪な考えからだったのが、あんのじょう役には立った。

店をクビになって、住まいは店の二階だったから、必然的におれは住居を喪《うしな》うことになる。で、免許証にある住所を頼りにして奴の住み家《か》を見つけ、勝手に転がり込んで、居座っている。

そんなおれを、衛藤はなにかをあきらめた様子で同居を承諾《しょうだく》した。

けっこういいとこ、あるじゃん。

そんなわけで、実はいい奴だった衛藤と、おれは健全な同居生活を送っている。

そこまではいいのだが、ここに問題がひとつ。

衛藤はいわゆるバイセクシュアルで、女も男も手当たり次第らしい。

もちろん、おれとも寸前まで行った。

というか、当然のように押し倒された。

けれど、おれは男がダメなんだ。

理由を話せば長くなるが、簡単に言うとトラウマってことになる。

小学校四年の頃から、おれは十歳年上の兄貴に性的虐待《ぎゃくたい》をうけていた。

正真正銘《しょうしんしょうめい》、血のつながった兄だ。

なんでおれに目をつけたのかは、知らない。訊《き》いてもきっと、納得できない。

衛藤に押し倒された時、その時の恐怖が甦《よみがえ》り、おれは泣きながら抵抗した。

そうしたら、衛藤は案外さっと退《ひ》いてくれた。

つい叫んでしまった、『やめて、お兄ちゃん！』という科白《セリフ》にびびったのかもしれない。

いずれにしても、おれはそれで衛藤から逃《のが》れられた。

わがままで傲慢《ごうまん》で、自分のしたいようにしかしない男だが、そんなところはまあ紳士かな？と想わないでもない。

おれは今十八歳で、秋になれば十九になる。家を飛び出したのは十七になったばかりの秋だから、そろそろ二年になるのか。

逃げながら生きるのは、なかなか体力を要するものだ。

だからおれは、すっかり染みついた衛藤との生活を、手放したくない。

衛藤はおれを好きだと言う。生意気でずうずうしくて、すっかり汚れきった、このおれを。

『なんにもしないから、側《そば》にいてくれよ』

その言葉だけでじゅうぶんだった。生まれて初めて、まともに愛される喜びに心が震えた。

おれも衛藤が好きだ。傲慢《ごうまん》でワガママで、時にふと、芯《しん》にある優しさを見せる、年上の男。嫌いになんかなれない。

けれど――。

それだけじゃ、だめなんだ。

何度か、トライしたことはある。

でも、だめだった。キスされて、押し倒されて、衛藤に身体《からだ》をまさぐられる。たくし上げられたTシャツの裾《すそ》から、衛藤の指がしのんでくる……。

「っ！」

いきなりはねのけられて、衛藤はおれの身体を離す。

「やっぱり……無理かな」

問われて、うなだれるおれ。でも、これ以上の行為もかまわない、とは言えない。

『やめて！　お兄ちゃん！』

甦る、自分の声に自分で怯《ひる》む。

――大学生になった頃から、兄はやたらとおれの身体に興味を持つようになった。

触《さわ》ったり、服を脱がせてみたり。

なんでそんなことをされるのか、おれには意味が判《わか》らなかった。小学四年やそのぐらいのガキに、判るわけはない。胸と、それから性器をいじられたが、それが悪いことなのかいいことなのかも判らなかった。

はじめて兄に「奉仕《ほうし》」したのは、風呂に入っている時だ。全裸の兄が急に入ってきた。

いっしょに風呂に入る習慣など、ごく小さい頃以来なく、兄の身体も見たことがなかった。

戸惑《とまど》うおれをよそに、兄はバスタブのふちに腰かけると、足を開いた。

足のあいだの雄身は、既になにかを期待してか半勃《はんだ》ちになっている。

もちろん、それがどういうことなのかは、その時のおれには判らなかった。

ただ不遜《ふそん》な眼差《まなざ》しで見下ろしてくる兄を、本能的に畏《おそ》れた。で、風呂場から出ようとしたおれの肩を、兄の巨《おお》きな掌《てのひら》がつかんで引き戻した。

『ゲームをしよう』

『え？』

『兄ちゃんのここ』

兄は股《また》ぐらを指した。

『巨きくしたら、先っぽから水が出るんだよ。知ってるだろ？　水鉄砲』

『うん……』

おれはとりあえず頷《うなず》いた。どういうことなのかは、全然判らない。しかし、水鉄砲なら知っている。愉《たの》しいおもちゃだ。

『どうやったらそうなるか、知りたくないか？』

そそのかすように兄。うん、と答えるおれ。

そして、「それ」が始まった。

ひざまずいて兄のモノを両手で握《にぎ》り、言われるままに擦《こす》ったり、しゃぶったりした。

『ん……いい……上手《じょうず》だよ、彗《スイ》。いい子だ……』

兄はおれの頭を摑《つか》みながら、なおも口腔《こうこう》を深く犯した。

『む……もう入らないよ、お兄ちゃん』

おれは息苦しくてならなかったが、兄はおかまいなしにがんがん喉を突いてくる。

これが「愉しいゲーム」なのか？　おれには判らなかった。やがて、兄は呻《うめ》き声を発し、おれの口の中に性器から放たれたものを注ぎ込んだ。

『これ、お水じゃないよ？　苦いよ、お兄ちゃん……』

おれは抗議したのだが、兄は笑って、

『彗はまだ小さいからね。大人になれば、それがおいしくなるんだよ』

言われても、あまり納得はできなかったが、大人になれば判ると言われては、子どもなんだからしょうがないと思うしかない。

しかし、そのぬるい液体は、いつまでも気持ち悪く、おれの口の中に秘密を残した。

『誰にも言うなよ？』

その後、少し怖い顔になった兄に念を押され、おれはだまって頷いた。

そんな経験を経《へ》て、やがて身体《からだ》のつながりまで持って、長らく兄のおもちゃでいたおれの話を聞いても、衛藤《えとう》はひかなかったし、それどころかおれのために怒ってくれた。

『なんだよそりゃ！　幼児虐待《ぎゃくたい》もいいところじゃんか！』

拳《こぶし》を握《にぎ》って声を震わせて。

そんな衛藤だから、おれだって好きになる。好きになったなら、その人のために喜んで貰《もら》えることはなんでもしたい。

でも……セックスだけはできない。

「気にすんなよ。ゆっくりでいいから、お互いにいちばん大切な二人になろう」

おれの頭をコン、と叩くと、衛藤はリビング……おれの寝床《ねどこ》……から自分の寝室へと消えていった。

おれには後悔が残る。なんでだめなんだろう……思うと、兄への憎悪が増すから、そんなのは無駄なことだから、ひたすら衛藤のことを思う。

キス以上はできないおれを、赦《ゆる》してくれる衛藤。

わだかまりなく抱き合える日が、いつか来るんだろうか。


水曜と金曜、郵便局の隣に朝市が立つ。

衛藤《えとう》のところに来て、朝の散歩をしていたところ、発見した。まだここで暮らしはじめて間もない頃だ。

衛藤ときたら、そんなことも知らなかったらしいが、そこで買った野菜で朝食を作ったら、けっこう好評だった。なので、以来おれは朝市通いをしている。

早朝の空気がおれは好きだ。ここが東京だということを感じさせない澄み切った大気。近辺の家から流れてくる、味噌汁《みそしる》の匂《にお》い。

吸い込みながら歩いていると、鬱《うつ》な気分もひいてゆくような気がする。なにが鬱って問われたら、やっぱり衛藤のことになるんだが。

「あら彗《スイ》くん。おはよ」

先に市に来ていた、田町《たまち》のおばちゃんが気さくに声をかけてくれる。近所に住んでいるおばちゃんたちの中でも、特に威勢《いせい》のいい人だ。三人いる子どもの一番下が、おれと同い年ということもあって、文字通り息子みたいにおれに接してくる。

「おはようございますー」

おれがあいさつをしたら、続けて常連のおばちゃんたちが次々と声をかけてくれた。ただでさえ男は珍しい。その上おれの世代となると皆無だから、みんな優しくしてくれるのだ。

世代といえば、今日は二十歳ぐらいの女の子が、おばちゃんたちの中に混ざっている。

「?」

首を傾《かし》げるおれに、田町のおばちゃんが、

「ユウコちゃん。そこのアパートにダンナさんと住んでるんだって」

紹介し、おれはぴょこりと頭を下げた。

「ユウコちゃん」も同じように会釈《えしゃく》すると、

「……結婚はしていないんですけど……」

小さな声で言う。

途端に田町のおばちゃんはユウコちゃんの背中を叩き、

「いいじゃないの。カレシでもダンナでも。幸せには変わりないんだから」

ユウコちゃんは困った顔で、でも笑っている。

「……一人暮らしですか？」

おれを見ておずおず問うてくるので、おれは素直に首を振った。

「違いますよ。厄介《やっかい》なのが一人いるけど」

「女の子？」

「男だよ」

と、べつのおばちゃんが代わりに答える。

「先輩といっしょなんだよ。家賃《やちん》が浮くから、いっしょに住んでるんだって」

「ものぐさな人なんだよ」

「家事は全部、彗ちゃんの当番なんだよね？」

……自己紹介など必要なさそうだ。おばちゃんたちが、ありのままを答えてくれる。

ちょっとニュアンス的に違うところもあるが。

「偉《えら》いわねえ、二人とも。若い人は、朝食なんかコンビニかなんかですませるもんだと思ってたけど」

「――味にこだわる人ですか？」

おれは訊《き》いてみた。ユウコちゃんは恥ずかしそうに微笑《ほほえ》んで、

「そうでもないんですけど。食事はちゃんととらせてあげたいので……」

「偉いっ」

おばちゃんがユウコちゃんの背中を叩き、会話はそこで絶《た》たれた。

そのまま世間話をはじめるおばちゃんたちほど、おれもヒマなわけじゃない。赤かぶの漬《つ》け物と豆腐《とうふ》とアジの開き、あと大根を買っておれは来た道を引き返した。

衛藤はすでに起きていて、Tシャツにジャージというおやすみスタイルのまま、テレビニュースを眺《なが》めていた。

「遅い」

おれの気配に振り返るや、文句を言う。

「またおばちゃんたちと話し込んできたのか」

「話し込むほどじゃないよ。若い女の子が来てた。二十歳ぐらい」

「朝市に？」

衛藤は目を細めると、剣呑《けんのん》な顔つきになった。

「……べつに興味なんかねえよ。ちょっとだけ話したけど」

「話してんじゃねえか」

「カレシと同棲中《どうせいちゅう》だって。おれと似た境遇だな」

衛藤を黙らせると、おれはキッチンスペースに行って買ってきたものを取り出した。料理するのは苦にならない。むしろ大好きだ。

おれはいつか、創作料理の店を出したくて、働いている。衛藤はおれに家賃の折半《せっぱん》を交渉《こうしょう》してきたりはしないので、アルバイトで得たお金の半分ぐらいは貯金できる。衛藤には申し訳ないが、おれは夢の実現に向かって、一円でも多く稼《かせ》ぎたいから、そのことには気づかないふりをして胸の中で手を合わせるのみだ。

アジの開きを焼き、味噌汁を作る。大根は少し厚めに切って、アジに添える大根おろしに仕立てた。

匂いに引き寄せられたのか、衛藤がやってくる。

「なんの魚？」

「アジ」

「だし巻きは？」

「昨日作っただろ」

「今日も食いたいんだもん」

自慢じゃないが、おれのだし巻き卵はかなりの逸品《いっぴん》だと、自分でも思っている。ここで初めて作って以来、衛藤はすっかりだし巻きにハマっているのだ。

「栄養が偏《かたよ》る……おい、危ないよ」

後ろから抱きしめてくる衛藤を、おれは肘《ひじ》で押し退《の》けた。

「キスだけ」

「……魚が焦《こ》げる」

「ちゅっとするだけだよ」

「……うん」

おれは黙って、目を瞑《つぶ》った。

ぱちぱちと魚のはぜる音。背中に回された手。

衛藤は約束を破って、かなり長いキスをした。

息苦しくなって、おれが身じろぎすると、ぱっと手を放して、照れたような顔になった。

「ごめん」

「謝らなくてもいいけどさ」

「だって、怖いだろ？　男に触《さわ》られるの」

「……うん」

衛藤はそのまま、リビングへ戻った。

その背中を眺めながら、おれは複雑な思いに囚《とら》われる。

ほんとうは、衛藤にはそれほど恐怖をおぼえなくなっている。だけどキスまでだ。セックスは怖いから、おれは怖がっているふりをする。

……卑怯《ひきょう》だな。衛藤が苦しんでるのを判《わか》っていて、こんな長いお預けをくらわすなんて。

でも、今のところ、まだそこまでは行けない……。

繰り返し言うがおれは衛藤が好きだし、衛藤もおれを好きだという。

だったら、なにも迷うことなどないはずだ。

しかし、長年にわたって兄貴からうけていた暴力的なセックスは、その恐怖とセットになっていて、おれをして衛藤に身体《からだ》をひらくことを躊躇《ためら》わせる。感情ではなく、本能が拒否するのだ。

ダメだなあおれ。これじゃ、いつか衛藤に見限られてしまいそうだ。

惚《ほ》れてはいるんだけど……衛藤とのセックスは、まだ考えられない。きっかけひとつで、どうにかなりそうな気はするんだけど……。

このまま、年下の、生意気なハウスキーパーとして置いといて貰《もら》えれば……虫のよすぎる願望か……。

「彗。なんか焦げ臭《くさ》いぞ」

衛藤の声にはっと気づく。おれは周章《あわ》ててグリルからアジを救出した。

そんなわけで、今日の食事メニューは、少し焦げすぎのアジの開きと小松菜の煮浸《にびた》し、それに豆腐の味噌汁となる。

「んー、うまい」

衛藤は味噌汁を啜《すす》りこみ、恍惚《こうこつ》とした表情を浮かべる。

「だろ?」

「うん。特にこの焦げ具合が」

間髪いれずに、炭化したアジの尻尾を箸《はし》で持ち上げ、おれにふくれっ面《つら》を作らせた。

「いいよ? べつに要《い》らないならおれが食うから」

「拗《す》ねない拗ねない。……拗ね顔も可愛《かわい》いけどね」

「き、気色悪いこと言うな!」

「だって好きなんだもん」

いきなりの直球に、おれは一瞬詰まる。衛藤は、飯茶碗のむこうから、意味ありげな視線を送ってよこした。

「……うん」

で、おれにはそんなマヌケな相づちしか打てなくなる。

「『うん』か。ちぇーっ」

言いながら目が笑っているから、おれは衛藤を嫌いになれない。どうしようもない男だが、おれを好きだっていうその想いだけはほんとうなんだな、と思う。

そして、おれの、衛藤へ向かう想いも——。

身体を重ねられないことが、こんなに苦しいとは知らなかった。いや、むしろそれは恐怖と苦痛をしか運ばないものだった、少なくともおれにとっては。

そんなセックスをしか知らないから、おれは衛藤を受け入れられない。

衛藤は兄貴とは違う。そんなの当たり前だし、頭では判っているのに。

心ってのは、厄介な代物《しろもの》だな。いっそ感情なんかなくしてしまえば……衛藤を好きな気持ちまでなくなるってことか。それは……どうなんだろう。感情のないおれを、衛藤はそれでも愛してくれるのだろうか。

「彗《スイ》、今日は、外で食べない？」

ネクタイを締めながら、衛藤《えとう》が問う。ブルーのワイシャツに、同系色のネクタイ。まがりなりにも、四年生。よほどのコネでもない限り、内定をとりつけるのは困難なのだそうだ。

衛藤の家は、かなり裕福らしく、実際コネクションがないわけではない、らしい。むしろ相当あるそうだ。

『俺はそういうの、大嫌いだから』

いつかそう言っていたことがある。

友人たちと呑《の》んで、かなり酔っぱらって帰ってきた時だ。

一人が、コネクションを自慢したのだそうだ。

『立派なもんじゃん』

おれは素直にそう答えたのだが、

『だいたいオヤジのコネに頼ったりしたら、厭《いや》でもやめらんないじゃんか』

……そういう理由でしたか。

けど、ふられようが書類審査で落とされようが、

『俺みたいにいい男すぎると、女子社員同士のバトルが始まって大変だからだろ』

呵々大笑《かかたいしょう》できる衛藤はすごいと思う。

妄想《もうそう》とはいえ、そこまでポジティブな思考で、なにごとにも前向きな衛藤が、おれは時々羨《うらや》ましい。

振り返って自分は、と考えると、薄ら寒くなるので考えないが。

実兄からの性的虐待《ぎゃくたい》、そんなことはまるで知らない親。よって兄に逆らってはいけないように、現実は荒々しくおれを兄に縛《しば》りつけた。

だから、高校を二年でやめ、おれはあの家を出た。

出た、というよりは脱走した。親の罵倒《ばとう》も、兄貴の暴力も、全部あの家に置いてきた。だから、家には帰れない。というか、帰る気がない。親もおれを止めなかった。出来の悪い次男坊の行く末なんか、どうでもいいのだろう。高校をやめると言った時、「中川《なかがわ》の家から中卒が出るなんて」とヒステリックに叫んだ母親の声が、今でも思い出せる。親父は一言も口をきかなかった。おれは家族から排斥《はいせき》されたも同然の状態だ。

もしも兄からこんな仕打ちやあんな行為を強要されましたと告白したなら、家族にはどんな波紋《はもん》が広がったのだろう。嘘つき呼ばわりをされて、やっぱり家にいられなくなったかもしれない。

そう考えると、出てきてよかったかもしれない。

兄は家族の中の一番星だったから、その兄がおれにしたことやなんかが、明るみに出たりしたら、うちは完全に崩壊《ほうかい》する。特に母親に知られたくなかった。

が、一人暮らしは、思っていた以上に難しかった。アパートの敷金と礼金を払った後は、ほとんど手持ちの金はなくなってしまった。

そこでアルバイトに出るとする。なんでもやった。工事現場にいたこともあるし、洋服屋の店員や魚屋で朝の仕入れを手伝ったりした。いわゆる転々としていたわけだ。

カフェのバイトは、おれにとってはパラダイスみたいにいい感じの職だった。

なにしろ、時給がいいのと、二階に住んでいいとマスターに言われたのもあいまって、俺は一生この店で働くぐらいの意気込みでがんばった。接客は嫌いじゃない。自分に向いてると思う。やたらと愛嬌《あいきょう》をふりまくたちでもないが、基本的におれは人が好きだ。むろん例外もあるが、少なくともおれに害毒を及《およ》ばさない相手になら、いくらでも心を開ける。客が「ありがとう。おいしかったです」なんて言おうものなら、自分の手柄《てがら》でもないのに舞い上がるような気持ちになる。テーブルを片づけながら、顔がにやけてしまったりして、同僚に不審がられたりしている。

なにもかもうまく行きそうな気がしていた。あの地獄《じごく》みたいな家のことも、遠離《とおざか》っていったような気がしたところで、衛藤のバカが変なちょっかいを出してきた。おかげで、おれは店にいられなくなった……。

「おい。なにボケてんだよ」

いつのまにか、自分の世界に浸《ひた》りきっていたらしい。スーツ姿の衛藤が、不満そうに見下ろしている。

「い、いや。なんでも……」

「俺の悪口を思ってたんじゃねえの？」

どきり。おれの返答が遅れたことにより、衛藤に正解を確信させてしまう。

「わ、悪くなんか思ってねえよ」

「じゃ、『衛藤さんたらなんて素敵。ラブラブーん』とでも？」

おれは思わず笑ってしまった。

「んなわけないだろ……ってなんで俺がノリツッコミしなきゃいけねえんだよ」

「乗れとは言ってないし」

「畜生《ちくしょう》。砂を噛《か》むような毎日だぜ」

「なに言ってんの、あんた」

「……いや、気にしなくていいから……あーあ、今日も無駄な笑顔をふりまくかと思うと気が重いな」

「無駄にふりまかなけりゃいいじゃん」

「じゃ、仏頂面《ぶっちょうづら》で面接をうけろと？」

「ほどほどにすればいいんだよ」

「ほどほどなあ……まあ、お前なんかからしたら何悩んでんだって感じだろうけど」

「けど？」

「俺は愛想《あいそ》が超悪いわけ」

「うん」

「こら、フォローぐらいしろ」

「『そんなことないよ。衛藤さんの笑顔は太陽みたいさ』」

衛藤は不機嫌そうにおれを見下ろしてくると、

「……棒読みかよ！　さては莫迦《ばか》にしてんだな、つまり。この俺を」

「してないよ。だから、普通の自然体で、そんでもってどうしてもここの会社で働きたいんです！　って意気込みが伝われば」

「だから、自然にしてる状態が既に、仏頂面なんだよ。これ以上、どうしろって言うのよ、この俺に」

「うーん……」

おれの場合は、今雑貨屋で働いているわけだが、面接の時に「君みたいなきれいな子が入ったら、お客は二倍、売上げも二倍」と言われて、実際採用された。

しかしそのことを衛藤に言うと、「顔で働き口が見つかるなら、俺サマなんか百発百中だ」とむっとした顔で返されたのだ。

しかし、未《いま》だ一発も当たっていないということは、普通の会社に入って、サラリーマンになるよりは、気楽なアルバイト生活でいいやと思えるおれが甘いってことなんだろうな。

「……やっぱ笑顔のひとつもあったほうがいいんじゃないの？」

で、そんなアドバイスしかできない。

「笑顔ねえ」

衛藤は渋面《じゅうめん》のまま、おれの発言を繰り返す。

「そうだよ。この世知辛《せちがら》い世の中を生きるには、笑顔だよ笑顔。明るく行かなくちゃ」

「……明るくねえ」

衛藤の奴《やつ》、おれの言うことなんかかけらも信じていない。

「何時になりそう？」

「うーん、今日は四社回るからなあ」

「じゃ、終わったら店に来て」

「了解」

衛藤は親指を立て、それから少しシリアスな表情になる。

おれは目を閉じ、衛藤のキスを待った。

触れあうだけの、小鳥みたいなキス。

「下手《へた》に舌なんか入れたら、俺暴走しそうだからな」と、出がけのキスはいつもこんなふうに軽い。

おれのことを思いやってくれているのが判《わか》るから、おれの心は痛む。

……ごめんなさい。

出ていく背中に、こっそり手を合わせ、おれはほっとため息をついた。

むろん、おれだって、衛藤《えとう》のことばかり考えてひがな一日を過ごしているわけではない。

おれはおれで、働いている。正社員にはなれないから、あい変わらずアルバイトばかりだが。

衛藤との一件で、カフェはクビになったが、次の仕事はあんがい簡単に見つけた。ショッピングモールに入っている雑貨屋にアルバイト募集とのビラが貼《は》ってあったので、急いで履歴書《りれきしょ》と写真を用意し、引き返したら即行で採用が決定した。本当は、将来のためにも飲食関係に行きたかったのだが、最初の面接で決まったのでとりあえず働くことにする。愛嬌《あいきょう》、愛嬌。衛藤にはそれがないらしいが、バイト生活も長くなると、こういうのも技なのだ。

店長は女の人だ。年齢は三十代の後半か、もう少し行っているかもしれない。思いきり短くしたショートヘアを金髪に染め、両耳に二つずつピアスホールを開けている。一見して男性にも見えなくはない。ハスキーな声で豪快《ごうかい》に笑う人だ。

『君みたいなきれいな子がいたら、女の子の客が倍増、売上げも倍増』

いきなり面接で言われ、おれは当惑《とうわく》したのだが、店長は一目見ただけで、おれの採用を決めたらしい。

……複雑な心境だったが、実際客が増えたのは本当のことで、売上げが倍増したのも事実らしい。接客している時、電卓を持った店長が、突然奥から走り出てきて、「二百、二百」とおれを摑《つか》まえた。常連客だったので助かったが、割り込みなんて商売上、あってはならないだろう。それだけ昂奮《こうふん》していたということか。対前年度比二百パーセントだったらしく、店長は「ほらね」とガッツポーズ。

やっぱり複雑だったが、おかげで時給がアップしたので、おれもガッツポーズしとくか。

その日、出勤すると、店長に、

「彗《スイ》ちゃん、そろそろ夏物はしまって。秋冬のものに変えるから」

と言われ、おれは「はあ」と答えた。まだまだ暑い。夏物を買いたい客もいるかとは思うのだが、

「はあ、じゃないの。ファッション業界はいつだって、季節を先取りしないと」

……雑貨業界じゃないのか？

しかしたしかに、オシャレな雑貨店の常《つね》として、衣服も置いてある。この春からだそうだが、契約しているデザイナーズブランドがあって、なかなか評判がいいのだ。売り上げがのびているのもおれなんかより、店長のセンスを反映した応対のほうが効果的なのではないのだろうか。前年度比二百パーセントの謎《なぞ》、その解答。おれも、店長のようなセールストークをしたいのだが、女の子のファッションのことはよく判《わか》らない。すると「お似合いですよ」ぐらいしか言えなくなり、却《かえ》って客の不信をかってしまっているのでは……と思う。

「そんなことないよ。彗くんはなかなかよくやってるよ」

店長に励《はげ》まされ、笑顔、笑顔でなんとか乗り切ってはいるのだが。

それはそれとして、衣替《ころもが》えだ。まだ夏じゃん！　と言いたくなるが、派手なTシャツやキャミソールなどを箱に入れ、代わりに長袖《ながそで》のシャツやブルゾンなどをハンガーに引っかける。夏

もののシャツやなんかは、値下げしてワゴンセールに出すらしい。

そうこうするうちに開店時間が来て、さっそく女の子が入ってきた。片手に豪華《ごうか》な花束《はなたば》を抱《かか》えている。

空《あ》いた手で、ぎこちなく籠《かご》に入った輸入物のチョコレートや、手帳などをためつすがめつしていたが、やがてゼリービーンズとレターセットを最終的に選んで、レジまで来る。レジには店長がいるので、おれはさっさと自分の業務を片づけ続ける。

異変が起こったのは、その後だった。

女の子が、店長に向かって、くだんの花束を差し出したのだ。

「あの、これ……」

おずおずと言う。

「え？」

と店長。

「……いつも、ここに花が飾ってあるから」

彼女の視線は、レジ脇の花瓶《かびん》を指している。売り物のひとつ、取っ手のついたガラスの花瓶。

今はひまわりを活《い》けているその花瓶に、三人の視線が集中した。

「飾って欲しいんです」

「ここに？」

「ええ。……あの、迷惑だったら引き取りますけど」

女の子はおずおずした口調だ。

その瞬間、おれには判った。彼女の意図するところが。

店長が好きなのだ、この子は。

翻《ひるがえ》って店長ははっきりしたもので、

「じゃ、好意に甘えちゃおうかな。どうもありがとう」

花束を受け取った。

女の子は、まだなにか言いたそうにもじもじしている。

が、最終的には「ありがとうございましたっ」、深々と頭を下げ、踵《きびす》を返す。その顔は喜びに溢《あふ》れていて、おれは確信を深めた。

「店長」

ディスプレイを中断して、おれは立ち上がった。

「うん？」

「今の子。店長のことが好きなんじゃないんですか？　おれにはそう見えたけど」

よけいな科白《セリフ》だとは判っていた。しかし、おれは、自分がどんな人間のもとで働いているのかを知りたかった。

「あ、そうだね。あたしもそう思った」

花束をカウンターに置いたまま、店長はさばさばした口調で言う。

「思ったって……」

「べつにいいじゃん？　お花を貰《もら》いました。ありがとうございました。それだけだよ」

「でも同性……」

「そうだよ？　だってこの世には男と女しかいないんだから。あたしに花束くれるのはどっちかしかないいじゃん」

店長は、からから笑い、

「ちなみにあたしはストレートだけどね？　あ、レジに入ってて」

付け加えると、花を抱えてレジを出た。

おれはなにも言えなくなって、ぼんやり突っ立ったきりになる。

女か男しか選べない。だから、同性のくれた花にもヘンな感情はいっさい抱《いだ》かない。

みんないっしょ。どちらかを選ぶだけ。

店長は、そういう意味でああ言ったのだろう。

おれは意味もなく感動してしまって、Tシャツの左胸をぎゅっと摑《つか》んだ。ここで働いている自分に、少しばかりの勇気と自負が生まれた気がして。

しかし感動している場合じゃない。そろそろ店内が混みはじめた頃である。

やはり女の子が多い。みんな店長狙《ねら》いなのかな、などとつい勘ぐってしまったりしておれは自分の下世話さに自分で厭《いや》になる。

すると、視線の先に、不審な動きをしている制服姿の女の子を発見。巨《おお》きな袋を肩から下げ、マニキュアのコーナーにしゃがみこんでいる。

経験が浅くたって、考えていることは判った。おれはレジを打ちながら視界の隅に彼女を入れ、立ち上がるのを待つ。

やがて花を活け終えた店長が花瓶を抱えて戻ってくる。カサブランカ、グラジオラス、フリージア。色とりどりの素敵な花束をおれはしばしぼうっと眺《なが》めていたが、それどころじゃなかったことを思い出す。

「店長、あそこの子……」

耳打ちをすると、店長の眉間《みけん》に皺《しわ》がよった。

「彗くん。ちょっと店内を巡回……」

皆まで言うまもなく、彼女は立ち上がった。彼女の前から、おれが置いたばかりのマニキュアがいくつか消えている。

「！」

おれはどきんとしてレジを出かかったが、店長に動きを止められた。

「彗くん。ここにいて」

店長は、店を出たところで彼女を捕まえて、なにごとか話している。鞄《かばん》の中を見せて、とでも言っているのだろう。「知らない」「厭です」など、抵抗する彼女。店長の捕まえた手を振り解《ほど》こうとしているが、店長は右手をがっちりホールドしている。男のおれが出ていく場面じゃないなと思いながら注意を払っていると、やがて泣き出した彼女を連れて戻ってきた。

「あたしがなにしたって言うんですか！」

逆ギレした彼女に、「それをこれから伺《うかが》いますから」と店長は冷ややかだ。

「あたしなにも盗《と》ってない！　弁護士を呼んで下さい。うちのパパは代議士なんだから！」

他の客が、なにごとかとこちらを見ている。

「あなたがどちらのお方であろうと、万引きは犯罪です。弁護士先生を呼んで頂いてけっこうです」

と、店長。

そうだそうだと言わんばかりに、他の客も頷《うなず》く。

「だから、盗ってなんかいないって！」

「それが真実かどうか、これから調べさせていただきます」

「だって……盗ってないもの！　学校には言わないで。親に言わないで下さい」

とうとう泣き出した。親の自慢《じまん》話をした割には、なぜか焦《あせ》っている。弁護士云々《うんぬん》はブラフだったのだろう。

やれやれ。なんという一日だ。レジを打ちながら、つい不審な客を捜《さが》してしまう。店長に花束を贈《おく》った、純情そうなあの子のことが今日のトピックになるはずが、これ。同じ女子高生なのに、ずいぶん違うもんだ。いや、同じ人間は二人といないのは知っているけれど。

そうこうするうちに、帽子《ぼうし》のコーナーで逡巡《しゅんじゅん》している客がいて、おれは横目でしばらく待ったが、結局アイボリーとベージュの縞模様《しまもよう》のハットに決めたとみえて、レジにやってきた。ごめん、疑ったりして。おれは心の裡《うち》で謝った。

と思ったら、奥のほうでけたたましい泣き声が聞こえてきて、他の客がなにごとかと問うてくる。

「万引きですか？」

ダイレクトに訊《き》いてくる客もいて、おれは苦笑いで「なんでもありません」と答えるしかない。ほんとうにやれやれだ。

結局、警察を呼ぶことになったらしい。警察と聞いてまた半狂乱になったのだろう。泣き声が甲高《かんだか》いわめき声に変わる。なんであんたにそんな権利があるの、なんであんたにそんな権利があるの！　こんな店、パパに言いつけて潰《つぶ》してやるから！

うんざりして、おれは警察を待った。どんなに偉《えら》い親だろうが、子育てには失敗したみたいだ。やがて刑事が到着。一度、取り調べだとかポケットから警察手帳を出すところなどを見てみたい気もしたが、おれは野次馬には加わらず、ずっとレジにいた。

やがて、店長が戻ってくる。

「やれやれだよ、まったく」

ちょうど客の途絶えたところだったので、店長はうーんと伸びをして疲れた顔になる。

「警察っすか？」

「それもあるけどね。あの子常習らしくって、鞄の中からうちで売ってないものまでぞくぞく出てきたんだわ。水とかパンとか。スリップがついたままのマンガ本とか」

「……プロの技ですね」

おれが言うと、店長はこら、という顔になり、

「変なところで感心するんじゃありませんよ、彗くんは」

「すいません……」

「ああ、まったくなんて大変な一日だろうね。花束を貰うわ、万引き常習犯はとっ捕まえるわ……彗くんにはまさか、盗癖《とうへき》はないよね？」

ぼやきながら、店長は思い出したように問う。

言われておれは思い出す。あの日、衛藤のばらばらになった鞄の中身から、奴《やつ》の免許証をくすねたこと。

急いでその抽斗《ひきだし》を閉め、おれは旧《ふる》い思い出を探った。

「……子どもの頃……消しゴムぐらいは」

「消しゴムかあ。あたしもよくやったな、そういえば。パンと文房具とか」

「……。店長、自首して下さい」

「時効、時効」

「でも自分の店でやられるのはいい気分じゃないでしょう？」

「道徳的なんだね、彗くんは」

「いや、っていうかおれもだけど。盗まれる気分を初めて味わいました」

「どんな味？」

「苦くて臭《くさ》いです」

「ウンコを食ったような気分てことね？」

「……店長。いちおう女性なんですから」

「『いちおう』は言わなくてよし。あたしにもよく判りました。せいぜい二十年前の自分に、説教しときます」

「三十年前の間違いじゃないんですか？」

おれが軽く冗談を言うと、店長はなんでもないふうに、

「そうだね。産まれてきて最初にしたことが万引きだから……って、そんなわけあるかい！」

ノリツッコミで返してきた。冗談の判る人だ。

店長はバツイチで、小学校六年生になる息子がいるという。

「鍵《かぎ》っ子にさせとくのは可哀想《かわいそう》なんだけどね」

あたしもばんばん働かないとやってけないから、と続け、ふうと息をつく。

そんな時はちゃんと「お母さん」の顔になっていて、おれはなんとなく安心する。店長の息子さんが、真っ直《す》ぐに育ちますように。ひどい扱《あつか》いしかしてこない「家族」に囲まれてきたおれよりも、二人家族でもちゃんと愛されて育てられるほうがよほどいい。というか、正直うらやましい。

衛藤の顔がふと浮かんだ。家族じゃないが、一緒に暮らしている相手だ。恋人と呼ぶのはまだ早いかな。おれなんかを大切にしてくれる、衛藤の思いにまだ応じていないおれ。

……。

「こら、彗くん。ぼーっとしてないで、衣替えしちゃってよ」

いつのまにか瞑想《めいそう》に耽《ふけ》っていたらしい。店長に急《せ》かされて、おれは覚醒《かくせい》し、作業を続けた。

夏物をだいたい整理したところで、上がりの時間がくる。

「あれ、帰らないの？」

店長は時計をみやり、おれのほうに頭を巡《めぐ》らせた。

「や、そうなんですけど……」

衛藤が迎えにくることになっているのだ。

「もうちょっといてもいいですか？」

「なになに？　デート？」

意味ありげな視線を向けられ、わけもなく狼狽《うろた》える。

「そ、そういうんじゃないすけど……」

言いかかった時、ドアのむこうに、見馴れたスーツ姿が現れた。

「彗ー」

紙袋を下げた衛藤が入ってくる。

「あらま、お友達？」

「同居人です」

衛藤は迷うそぶりもなく言い、

「いつもお世話になっております。衛藤と申します」

店長に頭を下げた。

「あら、こちらこそ。彗くんにはお世話になっております」

「役に立ちますか？　こんなのでも」

「立つ立つ。彼のおかげで売上げ倍増だわよ」

店長はおれの肩をぽんぽん叩いた。

それからふと、思いついたように衛藤のなりをしげしげ見ると、

「その姿。さてはリクルート中かな？」

言い当てられて、衛藤は少し照れたようにええ、と答えた。

「苦戦中です」

「あら、それなら君も、うちで働いてみない？」

「はあ？」

言ったのはおれ。衛藤はにやにやとそんなおれを見ると、

「客三倍増、売上げも三倍、ですか？」

「そうね。タイプ別の美形が二人だものね。さぞやお客さんの妄想をかき立てることでしょうよ」

「妄想って……」

おれは冷や冷やとしながら言ったのだが、

「なんならブロマイドでも作りますか」

「お、いいね君、衛藤くん？　ほんとに来て貰おうかしら」

二人は妙に意気投合している。

おれはたじたじとなったまま、夏物をしまったダンボールを台車に乗せて、奥へ逃《のが》れた。


「いい人じゃん、気さくで」

で、連れて行かれたダイニングバーで、衛藤《えとう》は店長をそう評した。

「いい人なんだよ、実際」

おれは昼間の花束《はなたば》の件を話した。

「お、話せるな。俺やっぱ就職しようかな」

「な、なに言ってんだよ」

「だって毎日毎日、こんな紙袋下げてさあ」

会社案内の書類が入っているらしい、社名入りの袋をいまいましそうに睨《にら》んでいる。

「……あんまり手応《てごた》えないんだ？」

「はっきり言うなよ」

衛藤は苦笑すると、ビールを口に運んだ。

「ごめん」

「謝んなくてもいいけどさ」

「なんか妙な一日だったな、万引き娘は捕まるし」

「万引き？」

「出たんだよ。パパに言いつけて、こんな店つぶしてやる、とかなんとか」

「どうやってつぶすわけ」

「なんか、父親がお偉《えら》いさんらしい。代議士だとかなんだとか」

「嘘でい」

「嘘なんだろうけどさ」

「万引きかあ。俺も昔はよくやったもんだった」

衛藤の奴《やつ》、聞き捨てならないことを言い出す。

「おい」

「って冗談だろ。んな顔すんな。よくはやってないから」

おれは胡乱《うろん》に衛藤を見たのだが、

「そういうお前だって、あるだろ？　思い出ってのがさ」

「……そりゃ、消しゴム一個ぐらいなら……」

おれはしぶしぶ、店長に言ったのと同じ答えを返した。

「ほら、そっちも犯罪者じゃんよ」

にやりとする衛藤。そんな表情をされると、最初の印象……傲慢《ごうまん》で尊大な奴《やつ》、というのを想い出してしまう。

「ま、いいことさ」

その一言で総《すべ》て流してしまい、衛藤は箸《はし》で和牛のカルパッチョを摘《つま》んだ。

おれも同じように一切れ摘む。まずまずの味。しかし粒《つぶ》マスタードが少し多い。

「いかがですか？　お客さま」

店を持ちたいというおれの夢を、衛藤も知っている。からかうでもなく訊《たず》ねるので、おれはうーんと腕を組んだ。

「マスタードがきつすぎて、ビネガーの風味をやや、損ねてる、かな」

「ふむ」

衛藤はビールで流し込んだ後、少し考える顔つきになった。

「マスタードじゃなくてホースラディッシュは？」

「あ、それいい。店持ったら、出す」

おれが言うと、にやりと笑って、

「じゃ、これはエトウ・スペシャルってメニューに書けよな」

「あのね……」

おれの言葉を待たず、

「『当然ですよ、素敵な衛藤さま』って言っときゃいいんだよ」

衛藤は真顔で言う。

「……なんで『さま』なんだよ」

「そこを突くか」

「ツッコミだらけだよ、あんたの言動。いちいち反応するのも面倒だ」

衛藤は笑って、メニューを開く。

「なに呑《の》もうっかなあ」

「……」

判《わか》っているのだ。衛藤はおれを気づかって、おちゃらけたほうへ話を流してくれたんだってこと。夢に終わるかもしれないおれの希望を、毀《こわ》さぬように、傷つけないように。

やっぱり好きだ、この人が。

でも、身体《からだ》でそれを表すには、まだ臆病《おくびょう》なおれ。

だめだなあ……最後はそんなことを思って、おれはウェイターを呼ぶ衛藤の整った顔を、ぼんやり眺《なが》めていた。


突然だが、おれの勤めるショップの前には、婦人服専門店がある。

規模は小さいながらも、うちでも衣類を扱《あつか》っているから、いわばライバルだ。

毎日おれは、向かいの店を横目でチェックしつつ、品出しをしている。何の意味かって意味なんかべつにない。向こうはうちを「ライバル」視などしていないだろうし。ただ意識しつつ作業を続ける。む、女の子三人組がご来店。一人が熱心に、薔薇《ばら》柄《がら》のスカートを腰にあて、「どう？　どう？」と友人たちに訊《き》いている。

そんな悪趣味なのを選ばなくても、うちにはもっと可愛《かわい》いのありますよー、と念波を送ってみる。成功。彼女はスカートを見切って、仲間たちとともにうちのバーゲン品を漁《あさ》りはじめた。

薔薇柄といえば、とおれはラックにかかった長袖《ながそで》のTシャツを見た。地はベージュで、薔薇模様。前身頃の三分の二ほどを黒いシフォンが蔽《おお》い、そのせいでなんの柄《がら》なのか判《わか》りにくくなっている。

春先からの売り物だが、店長は頑として定価で売りたいらしい。友人の弟だかが裏原《ウラハラ》で小さな店をやっており、委託《いたく》販売となっているから、定価で売ってやりたいのだろう。

このシフォンさえなければなあ……つねづねおれは、そう思いながらこのシャツを眺《なが》めていた。たしかに、気になるデザインの、凝《こ》った一枚ではある。

散らかった商品を整え、品切れのものは下の抽斗《ひきだし》から出して補充《ほじゅう》する。

と、ふと視線を感じておれは振り向いた。

向かいのショップの店員が、女の子の買い物客の背中に、キャミソールを合わせ、サイズを測っている。

その前に、女の子がいた。女子高生だろう。制服姿。

片手になにか持って、真っ直《す》ぐにおれを見ていた。

「?」

用向きが判らない。おれが気づいたのを察知したらしく、少し困った顔になる。と思ったらふいになにか意を決したらしく、つかつかこちらへ歩いてきた。

「あのう」

声をかけられたので、おれはダンボールを床に下ろした。

「ちょっと、いいですか?」

「は?」

訊き返して、はじめておれは彼女の手の中にあるものを見る。

カメラ。

いかにも、さっきそこのコンビニで買ってきました―といった風情《ふぜい》である。

「なにか?」

訊《たず》ねると、しばし躊躇《ためら》った後、

「写真を……いですか?」

「え?」

「写真一枚だけ、撮《と》らせて欲しいんです」

「って、おれの?」

彼女は赤い顔をして頷《うなず》いた。

「や、それは全然かまわないすけど」

おれの写真なんか撮ってどうするというのだろう。

しかし女子高生はぽっと明るい顔になった。

「じゃ、そこに立ってて下さい。そこの、看板の隣」

ＯＫが出るとしめたもの、といった感じでてきぱき指定してくる。

おれは言われるまま店の軒下《のきした》に立った。ぱしゃり。

「光が入ったみたいですから、もういちどお願いします」

はいはい。

「ありがとうございましたー」

さっぱりとした顔で彼女は踵《きびす》を返す。

「こら、彗《スイ》くん」

振り返ると、店長が睨《にら》んでいる。

「は？」

「写真撮らせたんだからなんか買ってけ、ぐらい言いなさいよ」

「そ、そんなダイレクトな」

「そうじゃなくて、なにげにセールストークに入らなくちゃ」

「……すいません」

「いいけどね。そういう不器用なところにも、あんたのファンがついてるわけだし。しかし女子高生にもピンからキリまでいるもんだ。純情そうなのから、こないだの万引き娘まで、よりどりみどりだね。しかも、今度は彗くんのファンまで現れて」

「おれのファンて」

当惑《とうわく》しつつおれはおうむ返しをした。

「写真撮らせろなんて、ファン以外に誰が言うのさ。それに、彗くん目当てにここに入ってくる女の子、最近ぐんと増えたじゃない」

「そうかなあ」

「そうなの。ま、逃《のが》した魚のことはおいといて、作業続けて」

はいはい。

おれはマニキュアの瓶《びん》を丁寧《ていねい》にディスプレイし直す。このあいだの万引き女子高生が盗んでいった黄色とオレンジのマニキュアを並べ、グラデーションをつける。案外そういう作業はおれに向いているようだ。

おれのセンスは、捨てたものでもないらしく、

「好きなようにしていいよ」

店長はレイアウトをおれに任せてくれる。接客の仕事があるから、そんなにいっぺんにいじくり回すわけにもいかず、時間のある時にちょっとずつマイナーチェンジを行っている。

しかしおれの「ファン」って。こんな男の、どこがいいのかね。


その場ではそれきりだったが、思い出したのは、夕食を食べている時である。

衛藤《えとう》は学生だが、おれは社会人だ。

なのに、なぜか家事はおれの役割になっている。衛藤いわく「家のことを気にしている場合じゃねえんだよ」らしいので、まあいいか。ってよくないか。ただ風呂洗いは好きらしく、バスルームに籠《こ》もったかと思うと、ジャージャー派手な音をたてて湯船からタイルの目地《めじ》まで丁寧《ていねい》に磨《みが》いている。おかげで、おれは毎日ゆっくり風呂に浸《つ》かれるのだから、その点はありがたいか。

それに、おれは一人暮らしが長いので、家事全般はこなせるし、べつに嫌いでもない。

特に料理にかけては、衛藤に手伝わせるのも赦《ゆる》せないくらいだ。昼食はさすがに作れないけれど、休みの日には一日かけてポトフを煮たりする。

その日のメニューは、肉じゃがと菜の花のおひたしに、茄子《なす》の味噌汁《みそしる》。衛藤は最初、「なんで味噌汁に茄子が入ってんだよ！」と苦情を訴《うった》えていたが、あんがいうまかったようで、最近は茄子が入っているとむしろ喜ぶ。

今日のできごとなどを話題にしている時、ふとおれは視線を感じたことを思い出して、衛藤に言ってみた。

「ふうん。そりゃよかったな」

味噌汁を啜《すす》りこみながら、衛藤はそっけなく言ってのける。

「男にも女にもおモテになられて、彗《スイ》くんはアイドルを目指しているのかな？」

あきらかに妬《ねた》んだ口調で、おれはおかしくなった。

「女子高生に挑戦すんなよ。大人なんだから」

「してねえよ」

「じゃ、そういう目でおれを見んな」

衛藤は瞬《まばた》きをして、真顔に戻った。

「ま、いいけどね。彗が人気者になってくれて俺も嬉《うれ》しい」

「……人気者とかは、べつに違うから」

「人気もんじゃんか。なにしろ、お前のおかげで、潤《うるお》ってる店なんだし。この二百パーセント男が」

今日も内定をとれなかったらしい。衛藤は不機嫌そうだ。

「じゃ、いっしょにバイトしてみる？」

言ったら、ますますむくれた。

「ま、あの店なら男のファンも来にくいだろうから、いいけどね」

アルバイトを始めた頃に言ったのと同じ科白《セリフ》だ。

実際、衛藤の警戒心《けいかいしん》というか独占欲は相当なもので、おれがバイトに通い始めた時、偵察《ていさつ》に現れたのだ。カップルや女の子には目もくれず、半日ばかりうろうろと往《い》ったり来たりを繰り返していた。ストーカーかよ、おい、と言いたくなる一日だった。なにも、そんなに見張った

りしなくても。女性客はたしかに増えたが、たまに現れる男の客も、べつにおれ目当てという
ことはない。彼らはだいたい、女性客の間を恥ずかしそうにぬって、店先に置いてある飲料を
買ってゆく。

　時には「彼女にプレゼントしたいんですが」と訊《き》いてくる男もいるが、そういうのは店長が
応じるので、おれはあまり関係ない。

「ま、世は好きずきだけどね」

「……やっぱ僻《ひが》んでんじゃん」

「あったり前だろ。この不景気にお前だけ女特需《とくじゅ》で時給アップかよ」

「んなこと言ったって、だいたいおれはバイトなんだから」

「はいはい。そしてひそかに店長の座をおびやかすのだね」

「んな野望、持ってないって」

「あーあ。俺もコンビニのレジ打ちにでもなるかなあ」

　まんざら冗談でもなさそうな嘆《なげ》き。

「そして女客を二倍に増やすのか」

「いや、むしろあれだよ、『行列のできるコンビニ』」

「アホか」

　おれは呆《あき》れて笑った。衛藤も笑った。

「でさ、いま夏物が安くなってんだよ。買わない？」

「買わない」

「……」

「あのな、俺は男なわけだよ」

衛藤は真顔で言う。

「キャミとか着てる場合じゃないっての」

「じゃ、女の子に口コミで広めて。うちの店のこと」

「……どこまでもずうずうしい奴《やつ》だな、お前も」

「当たり前だよ。そうやってサバイバルしてきたんだから、この世知辛《せちがら》い世の中を」

「……素敵な生きざまなことで」

「感動した？」

「胸が痛いよ」

衛藤は大袈裟《おおげさ》な身振りで、シャツの左胸をぎゅっと摑《つか》んでみせる。

「そりゃよかったな」

「ちぇ、つまんねえの」

衛藤は箸《はし》を咥《くわ》えて眉間《みけん》に皺《しわ》を寄せた。

「専門学校でも行くかな、卒業したら」

「勉強好きなんだな、意外と」

「『意外と』はいらん。いやマジ、そうなんだよ。写真やってたって、なんのメリットもない。教育の奴らでさえ、専門に入り直して、福祉《ふくし》関係の資格取ったりしてる。教員資格とったって、就職口がないんだよ」

「ふうん……じゃ、中卒のおれなんか、一生アルバイトだな」

「こら」

衛藤はおれを軽く睨《にら》む。

「お前にはちゃんと、夢があるだろ。そんな投げやりなこと言うな」

「衛藤……」

「夢に向かってがんばってるお前が好きなんだよ。俺の愛してるお前は、そんなつまんないこと言うお前じゃないぞ？」

「……」

おれはなんだかひどく感動してしまった。ただ一人だけども、兄をしか愛さなかった両親の代わりに、おれには衛藤がいるんだってことに。それは言葉にできないぐらい嬉しい。

「感想は？」

「嬉しい」

素直に言ってのけたが、衛藤のお気には召《め》さなかったらしい。

「それだけ？」

腕を組んでこちらを見ている。

「……おれも、あんたを応援してるよ。狡《ずる》くていい加減なところもあるけど、ほんとうは純情で情け深い人だから」

「……応援だけか」

衛藤はがっくりと頭をたれた。

「い、いや、その……なんというか」

おれは周章《あわ》てて言いつくろおうとしたが、衛藤は掌《てのひら》をおれに向け、

「言うな。惚《ほ》れられてるのは判《わか》ってるから」

自分で言うな。

だが、事実だ。おれが衛藤に惚れてるってことは、とうに言ってある。衛藤のようには、簡単に言えないだけで。衛藤がおれを愛してくれるように、おれも衛藤を愛《いと》しく思う。

さて、食事もすんで、おれも洗いものをすませた。

ここからが長い。

衛藤はレンタルしてきたビデオを一緒に観《み》ようと言う。

ハードアクションものだ。同意するおれ。だいたいにおいて、おれたちの嗜好《しこう》は合っている。

あまり頭を使わずに観られる、アクションものやコメディが中心。まちがってもじめじめした

ラブストーリーなどはチョイスされない。衛藤の場合は単に鬱陶《うっとう》しいからなんだろうが、おれが恋愛ものを避けるのは、ヘンな空気が漂《ただよ》うような羽目になるのが怖いのだ。厭《いや》なのだ。

……おれってわがままなんだな。好きで、一緒にいたい相手なのに、まだ全部をさらけ出せない。それはセックスがどうという話ではなくて、衛藤といっしょにいる時に感じる温《ぬく》もりや優しさが必要なのだ。言ってみれば、おれはなにか硬《かた》いものでできた頑丈《がんじょう》なシェルターの中に閉じこもっていて、時々その小さな空間から出てみるんだけど、やっぱり、怖いのですぐまた戻ってしまう。

でも衛藤はそんなおれでも辛抱《しんぼう》強く待っていてくれる。おれが完全にシェルターを出て、そいつを粉々に打ち砕《くだ》くまで。

それを思うから、衛藤にすまないという気になっているんだな……。

「彗、つまんないか？　これ」

おれが物思いに耽《ふけ》っているのを察知したのか、衛藤が訊《たず》ねる。画面は、ビルに突っ込んで大破した車が映っている。おれにはあまり良さが判らない展開だ。

「つまんなくはないけど……」

あいまいな返事を返すと、衛藤はビデオのリモコンを取った。

「あ、べつにいいよ。流してても」

「だってお前がつまんないんなら意味ねえじゃん」

……こんな時、衛藤の優しさを感じる。でも、ありがとうとは言えない。おれの一挙手一投足《いっきょしゅいっとうそく》に注意を払っている衛藤を見るのは、辛《つら》い。

だが言葉とともにビデオはあっさり切られ、衛藤はうんと伸びをした。

「……ごめん」

「謝る必要なんかねえって言ってんだろ。俺はただお前と、愉《たの》しさとか喜びを分け合いたいだけ」

過去、家族に辛く当たられてきたことは、既に言ってある。兄のこともなにもかも。

だから衛藤はこんなふうにおれを気づかうのだろう。

本来、おれの知る衛藤国春《くにはる》は「他人を励《はげ》まし、その幸福を願う」なんてことなどはいっさいしない。

むしろ、倒れた友の背中を踏みつけて、さっさとどっかに去る感じ。

それがこんなに心配するとは。おれはほんとうに、愛されているんだろう。ふとした時に見せられる、愛情のかけらを、おれは必死で摑まえてそれにすがる。

そんなおれの心中を、衛藤は知らないんだろうけれど……。

「なんだよ？　そんな目で見つめちゃって」

するといきなり、こうだ。おれはうっと返事に詰まる。

「俺はそんなにカッコいいか？　お前を思わず放心させるほど」

「カッコいいって自分で思ってんなら、その通りなんじゃないの？」

おれは素早く立ち直り、いつものイガイガしたおれに戻る。

「ちぇ。スカしやがってよう」

衛藤はつまらなそうに言ったが、おれの視線を一身に浴びてか、悪い気はしていない様子だ。

「ふん。どうせ俺は出来損《そこ》ないの落ちこぼれなのさ」

どうやら就職が決まるまで、衛藤はいじけモード全開のままいるらしい。

しょうがないなあ。けれど、そんな衛藤もおれは好きだ。

……言わないけれど。

「ハーブティでも淹《い》れる？　少しは落ち着くと思うけど」

「ティもいいけど、膝《ひざ》がいい」

「へ？」

「膝貸して。ちょっとでいいから」

甘えるような言葉の響きに、おれは笑ってしまった。

「こら。なにがおかしい」

「や……こんなごつごつした膝でいいんなら、いくらでも貸すけど？」

で、おれは膝枕《ひざまくら》をすることになった。上から見ると、衛藤の顔は思っていたより幼《おさな》くて、
なんだか子どもみたいだ。

「なんだよ？」

その顔がむくれると、いっそう子どもっぽくなってしまう。

「なに笑ってんだよ、感じ悪いな」

「ごめんごめん」

「なんだって？」

拗《す》ね顔のまま、衛藤が促《うなが》す。

「最近は、合コンとか行ってないんだ？」

可愛《かわい》く見える、なんて言うのも失礼な気がしたのでそう逃げたのだが、すると衛藤はあからさまにむっとした顔に変わる。

いきなりがばっと起きられたせいで、おれは衛藤にボディアタックされた形で後ろへ飛んでしまった。

フローリングの床に尻餅《しりもち》をついた恰好《かっこう》のおれに、衛藤は少し怒った顔で、

「なんで俺がそんなとこに行くって？」

「え……」

合コンの帝王と呼ばれていたのはいつの頃だっけ？　そんなに昔じゃない。

けれどこの剣幕《けんまく》。おれはびびって、後退《あとずさ》りした。

「ひかなくていいから、な？」

そんなおれの頭をコン、と叩き、しかしまだ強《こわ》ばった顔のまま、衛藤は言った。

「あのな、俺はお前に、心底惚れてんの」

「う、うん……」

「で、お前も俺を憎《にく》からず思ってくれている。それが判ってて、不埒《ふらち》なこととか、できると思う？　俺はそんなにひどい男じゃないの」

「……うん」

たしかにこのところ、衛藤は早く帰ってくるようになった。就職活動が忙しいのが原因だろうが、こいつならその合間をぬって合コンに参加していそうだ――。

少しでも、そんなふうに思ってしまったことに、おれは自分自身をぶん殴《なぐ》ってやりたくなる。

でも、それは物理的に無理なので、衛藤に査定《さてい》を任せることにした。

「ごめん……なんか誤解してた。殴っていいよ、おれを」

「は？」

衛藤は虚《きょ》を突かれた態《てい》で言い、次には爆笑した。

「バーカ。なに言ってんだよ、彗はもう」

気づくとおれは、衛藤の腕の中におさまっていた。

「あ……」

「ぶん殴るぐらいなら、キスしちゃうぜ？」

言うまもなく、衛藤の唇が、おれのそれを塞《ふさ》ぐ。

おれは自分から衛藤の肩にとりすがり、それに応じた。

「彗、彗……」

喚《よ》びながら、衛藤はゆっくりおれの上に体重をかけてくる。

「あ……」

目裏《まなうら》に兄の姿が甦《よみがえ》り、おれは身を硬《かた》くした。

「やっぱダメか」

衛藤はおれを離し、向かい合って坐《すわ》る。

まただ。また、応《こた》えることができなかった。

自分の不甲斐《ふがい》なさにおれはうなだれる。

擦《こす》りつけられた衛藤の股間《こかん》が熱く疼《うず》いているのは、知っているのに。

「彗、いいよ。気にすんな」

衛藤はさらりと言って立ち上がった。たぶんトイレ。キスした後に、トイレで自分自身を処理しているのをおれは知っている。

申し訳ない。自分でも情けない。違うと判っているのに、身体を重《かさ》ねるごと、甦る最悪な過去の映像。

違う。相手は兄貴じゃない。おれをおもちゃみたいに扱《あつか》った、あの男なんかじゃない。泣き喚《わめ》くおれの両足を無理やり開かせて突っ込んできた、あのケダモノとは違う。

しかし、気持ちではそう思えても、実際その場になると恐怖心が消えないおれ。

こんなんじゃ、永遠に結ばれるなんてことはできそうにない。

思いついて、トイレから出てきた衛藤に、

「あのさ」

声をかける。

「ん？」

「最初は無理やりでもかまわないから、おれとしないか？」

勇気を出して言ったのだが、衛藤はむっとした顔になり、

「そんなことしたら、俺はお前のクソ兄貴と同じになるんじゃんか。なに、それ？」

吐き捨てるように言った。本当に怒っている。

「……」

「俺はそんなレベルの男だってか？」

「だって、このままじゃ、おれ永遠にあんたとできないじゃん……」

「そんなに俺としたいのか」

発せられた問いに、おれはかぶりを振りかけ、周章てて縦に頷く。

「やっぱ厭《いや》なんじゃんか」

衛藤はおれの些細《ささい》な所作を鋭く拾ってきた。

「だって……」

「サカリのついた猫じゃねえんだよ。そんなこと、できるか」

「でも……」

その分を他の誰かで補うのなら、おれはやっぱり傷ついてしまうだろう。

そう思ったのだが、衛藤は、

「だからって、遊んだりもしねえって」

やっぱり先回りして、頑固に首を振った。

「今は就活一本槍《やり》だからな。相手探すより志望通りの会社から内定出させるので精一杯だっての」

衛藤は怒りモードを解《と》き、そればかりかそんなふうにおどけてみせて、やっぱり無理になんていうのは自虐《じぎゃく》的《てき》な科白だったかと、おれはいっそう哀《かな》しくなる。なんで最初の相手がこの人じゃなかったんだろう。兄に、ほとんど殺意に近い思いをおぼえる。

「さ、じゃさっさと風呂に入って寝るか。明日早いしさ」

衛藤は言って、踵《きびす》を返す。

この世に神さまが本当にいるのなら、おれはそいつに願いたい。このちっぽけなおれに、勇気と覚悟をくれと。いや、その前に過去の記憶を削《そ》ぎ落としてもらうほうが先か。忌《い》まわしい過去の総《すべ》てを、まとめてどこかに捨ててしまいたい。

でも、やはり今夜も神さまは下りてきてくれなかった。

おれはリビングにマットを敷《し》き、寝床《ねどこ》を作った。

また同じ夜が巡《めぐ》る。


異変が起きたのは、それから半月ばかり経《た》った頃だ。

開店前に出勤し、いつものようにディスプレイや衣類の整理をしていたおれは、投げかけられる、誰かの視線を感じた。

「？」

振り向くと、やはり女子高生風の女の子が、制服姿のままそこに立っていた。このあいだの彼女とは違う。

「あの、開店前なんですけど」

客だと思ったので、おれはそれなりの態度で言った。

すると彼女はいやいやをするように首を振った。

「そうじゃなくて。これ、あなたですよね」

手にした雑誌を開き、おれに差し出す。

一瞥《いちべつ》して、おれはぎょっとした。

　このあいだの写真が、なぜかそこにでかでかと掲載《けいさい》されている。上の方に「街で見つけたイケメンくん」と、ある。おれの写真の下にはショッピングモールの名前と、店名が記され、「雑貨屋で働く彼。ちょっぴりシャイなイケメンくんです」、キャプションまで入っていた。

　おいおい。

　おれは正直ひいたのだが、その時スタッフルームから出てきた店長が、

「あら、なにかしら」

　おれの手から雑誌を奪《うば》い、

「うわー、すっごいじゃん。彗《スイ》くん」

「彗、っていうお名前なんですか？」

　おずおずと訊《たず》ねる彼女に、店長が、

「そうそう。彗星の彗って書くのよ。珍しいでしょ？」

「いいお名前ですねー」

「これで不細工だったら、目も当てられないよね。開店前だけど、よければ見ていって」

　なるほど、これを称してセールストークと呼ぶのか。店長はさすがなもので、結局彼女はペットボトルの水と黄色いマニキュアを買って去っていった。

「幸先《さいさき》がいいね、今日は。あれってけっこう売れてる雑誌でしょ？　あの子以外にも彗くん目

当ての客がくると見た。今だって口コミで若い女の子が常客になってんだからさ。小物を大量に入荷しておこうっと」

「……やめて下さいよ、だから、そういうの」

「彗くん。君は名前からして既にスターなわけよ」

店長はあらためてこちらに向き直った。

「いや、つけたのおれじゃないし」

「判《わか》ってるって。でもね、そういう星のもとに産まれたわけだ」

こんこんと言い聞かされるまでもなく、おれはこの店での自分の立場ぐらい、もう判っている。

「あ、もう十時だ。よーし、今日は女の客が大挙《たいきょ》して来そうな予感」

「……そう……っすかね」

「彗くん目当ての女の子がくるわけよ。ちょっぴりシャイかあ。あんまり馴れた感じに応対しないほうがいいかな。はにかんでる素振《そぶ》りを忘れずに……それより、クールなほうがお好み?」

「し、知らないっすよ。無理ですよ、そんな……」

昨日まで、笑顔も商品のうち、とばかりに愛想《あいそ》よく接客していたのだ。

「急にキャラが変わったほうが、好感度下がりますって」

「そうかなあ」

「そうですってば」

なんとかキャラ変えは思いとどまらせたが、その、「大挙して訪れる、おれ目当ての女客」に対してどうふるまうか、考えただけで気が滅入《めい》る。あのカメラの女の子を、つくづく怨《うら》んだ。雑誌に投稿するんなら、事前に言えよ。断るから……内緒で送るか、その場合。

「こら。彗くん。客だよ」

そのまま放心していたらしい。店長に肩を叩かれ、おれは覚醒《かくせい》する。

「ぼーっとしてないで、応対して。それとこれ、ワゴンセール用にとっといて」

幾《いく》つかのデザイナーズブランドのキャミソールを渡された。もうじき夏物のバザールが始まる。衣服系のショップの多いこのショッピングモールで、うちのように雑貨も置いている店などは、なかなかの苦戦を強《し》いられるらしい。

「ま、今年は看板息子がいるからね。なにしろ雑誌に載ったんだからね。期待してるよ。そうだ、あの雑誌のあの頁《ページ》。さりげなくディスプレイしておこうっと」

さりげなく、って店に貼《は》った時点でめちゃめちゃ不自然じゃないか。

そんなの、やらないで下さいよーと思うが、店長は止めるまもなく斜向《はす》かいにある本屋に走ってゆく。

おれは嘆息《たんそく》し、すぐに思い直して、入ってきた客に応対した。女の子の二人連れだ。いかにも、モード系の専門学校に通ってまーす、という感じの彼女たちも、雑誌で見たクチなのだろう。写真より可愛《かわい》いとかなんとか、ひそひそ話をしているのを聞いて、おれは見せ物か、と思った。

……見せ物なんですけどね。

雑誌に載る前から、おれは店長から「孝行息子」と呼ばれている。

なぜと言うに、前年度比二百パーセントというあれだ。先月の売上げ高は、過去最高をマークした、らしい。

もちろんおれには自惚《うぬぼ》れなどはないが、具体的な金額をつきつけられると、「はあ……そうですか」と答えるより他はない。

『彗くんはうちの隠し玉だからね。いい子捕《つか》まえてよかったわあ。めざせハワイ！』

先日も言われたばかりだ。

……このモールには半期に一度のバーゲンで、上位三位の店には従業員慰安《いあん》のためのハワイ旅行が与えられることになっている、らしい。

『ハワイは無理っすよ。西京堂《さいきょうどう》さんとか入ってるし』

老舗《しにせ》の呉服店が、モール内に支店を出しているのだ。

店長によれば、「頭は悪いが日ごろの行いはもっと悪い」娘を嫁《とつ》がせるにあたって、親が「財力の赦《ゆる》す限り」素行の悪さを財力で補おうとするから、いつもトップなのだそうだ。まったく、この皮肉屋ぶり、ある意味衛藤《えとう》に似ている。だから、厭《いや》にはならない。ただ、やれやれと思うのみだ。

戻ってきたその足で、早速《さっそく》頁を見つけ、ハサミを取り出す店長は、またしてもハワイ、ハワイ、と繰り返した。

「だから無理ですって、絶対」

「無理でも目指すの」

「店長」

「ぐらいの根性出していこうって話だよ。あ、そんなのワゴンに出しちゃだめ」

薔薇《ばら》の模様が、かぶせたシフォンから透《す》けて見える、あの薔薇の長袖《ながそで》シャツを、店長は奪いとった。

「でもこれ、前からありますよ?」

「いいの。非バーゲン対象品として出すから」

「春から言ってませんか?　それ。おれが入った頃から、見てるんですけど」

「四の五の言わないの」

「……はあ」

契約している、裏原《ウラハラ》のショップの商品である。

癒着《ゆちゃく》という語が一瞬浮かんだが、

「べつになんか関係があるってわけじゃないけどね、まだ二十歳の子が型紙から作ってるやつだからさ。凝《こ》ったデザインだし、センスいいし、今よりもずっとこれから伸びる子だと思うんだよね」

「店長、人情ありますね」

「貸しを作っとくだけだよ。ブレイクした時のために」

おれの言葉に店長は照れて、冗談で紛《まぎ》らせる。

ということで、シャツはバーゲン対象外のコーナーに移動させる。おれはしげしげとそいつを眺《なが》めた。ベージュにかぶせてあるシフォンの黒みが、せっかくの薔薇柄《がら》を邪魔しているように見える。たしかにデザインはいいけれど、ちょっと地味な印象かな。ボトムを選ぶ感じ。

おれならもう少しシフォンを軽めの色にして……などとあれこれ考えていたせいで、店長に二度怒鳴られることになった、なにサボってんの、彗くん！

だいたいいつも、こんな感じだ。ぼやぼやしているおれに、ハッパをかける店長。凸《でこ》と凹《ぼこ》の関係というのか。どちらも譲《ゆず》らない性格なら、きっとうまくは行かない。

最初の客をさばいて、おれはレジを閉めた。

「……？」

違和感をおぼえたのは、それから三十分ぐらい後のことだ。

たしかに誰かに見られている。

それも、あまりいい感じな視線ではない。

むしろ、悪意に似たなにか……。

おれは振り返ったが、目の前のショップにもその隣の靴屋《くつや》にも、反対側の書店にも、おれを見ている誰かはいなかった。

おれはぞくっとして身震《みぶる》いした。なんかやな感じ。なんかやな感じ。なんか……。

「あのう」

その時、後ろから声をかけられた。

びくんとして振り返ると、くだんの薔薇Tシャツを手にした女の子が立っていた。

「これ、他の色はないんですか？」

ほら、おれと同じ意見が来た。

あ、と思ってすぐさまおれは笑顔を作り、

「ないんですよ。一点ものなんで」

「……そうですか」

「でもそれでもじゅうぶんお似合いになりますよ。ちょっといいですか」

おれはさっそくセールスモードに入る。相手に不愉快《ふゆかい》な印象を与えない程度にクールな態度
……なんて急にできるかい！

で、普通に応じることにした。やっぱり明るさがいちばんでしょう。

おれは、やや渋いピンク色のミニスカートと、それよりは少し明るめのひざ丈スカートをラックから外した。

「こういう色でも合うし、可愛いですよ」

「あ、ほんとですね」

女の子は明るいほうを手にとって、鏡の前で長さを測《はか》っているようだ。

「もしあれなら、ご試着もして頂けますので」

「お願いできますか？」

女の子のハートは、かなりぐらついている様子だ。

基本的には雑貨屋なので、試着するコーナーは奥のほうにひとつあるだけだ。

やがて、ミニのほうのスカートを穿《は》き終えた彼女が出てくる。

「あ、いい感じじゃないですか」

お世辞ではない。華奢《きゃしゃ》な子なので、ミニのプリーツが崩《くず》れない。

おれはすかさずTシャツを彼女に渡し、購買意欲を注ぐべく営業トーク。

「こんな感じでも合いますし、ジーパンに合わせて頂いてもおかしくないですよ？」

「そうですね……そうだなあ」

女の子はしばらく考えていたら、やがて意を決したように、

「じゃあこれ、上下で買います」

やった。おれは内心ガッツポーズ。

「これなら夏から秋にかけても着て頂けますしね」

速《すみ》やかにレジへ、気の変わらないうちにさらなるマシンガン・トーク。

「あの……ずいぶん違いますね」

「は？」

女の子の言葉に、おれは意味が判らず訊《き》く。

「雑誌では、シャイって書いてあったし、写真の印象もなんか線の細い感じで、神経質っぽい人なのかなって勝手に思ってたんです」

彼女も読者か。おれはがっくりしながらも、

「サービス業ですからね、とりあえず」

「あの、ほんとうは、雑誌に載る前から気づいてたんです」

彼女は意外なことを言う。

「って、おれ？」

女の子は小さく頷《うなず》く。

「きれいな人がいるなって、時々見ていたんですけど、なんか勇気が出なくって。ヘンに意識してるのを悟《さと》られるのって恥ずかしいじゃないですか。雑誌にはやっぱりシャイって書いてあったし……」

「そんなことないっすよ。普通ですから」

「そうですね。ほんと普通で安心しました。また買いに来ます」

袋を受け取り、女の子はそれを胸にぎゅっと押しつける。嬉《うれ》しそうな顔。

「またお越し下さい」

「はい。友だちも連れてきます」

女の子は笑顔で出ていった。

「やったね。常連客ゲットじゃん」

気がつけば店長が後ろに立っている。満面の笑み。

「やー……またほんとに来てくれるか判んないし……」

「大丈夫。来る来る。友だちに彗くんを見せるために、きっと来る。雑誌効果で三倍四倍になる」

「……そしてハワイに行くんですね」

「当然よ。雑誌ったって次の号が出るまでだからね。今のうちに客掴んでおかないと」

「……そんなんで来られても……」

「いいの。そこでさっきみたいな営業トークをして、マニキュアの一個も買わせたら、うちも彗くんを雇《やと》った甲斐《かい》、大ありだよ」

仕方なく、おれは笑った。それにしても、おれってそんなに神経質っぽく見えてんのかな。

「店長、おれって線の細い感じですか？」

で、訊いてみる。

「へ？」

「神経質っぽかったりします？」

「いや？　身体《からだ》は細いけど神経は図太いんじゃない？」

「ず、図太いって……」

それはそれで傷つくな、そういう言い方。

「どっちかって言うとって話だよ。だいじょうぶだいじょうぶ、無神経って意味じゃないから」

「はあ……」

「小じゃれた店に、美形の店員がいて、雑誌ではおとなしそうだったけど、中身は全然フランク。そうやって友だちに自慢《じまん》するべく、あの子はまた来るのだよ。そこで、笑顔全開で応対すりゃ、そのギャップがまた素敵だわって言って、顧客《こきゃく》は二倍になり、その二倍の客がまた口コミで……ええと、なんだ？」

「……ネズミ講ですよ、それじゃ」

おれは苦笑した。

「そうそう、ネズミ講。世の中は、そうやって流行《はや》りの店が増えてくるんだよ」

「そ、そんなもんすかねえ」

「そんなもんなのよ。私が何年ここでやってきたと思う？」

「……おれが産まれる前から」

店長はあきらかにむっとした表情で、おれの臑《すね》に蹴《け》りを入れてきた。

「なんだよこの成金男《なりきんおとこ》……あ、いらっしゃいませー」

客相手となるところっと態度が違う。今度の客は判りやすい。女の子三人組。一人がデジカメを首から下げている。

はいはい判りましたよ。スマイルはゼロ円ですから、いくらでも愛嬌《あいきょう》ふりまきましょうとも。

しかし彼女らはいちおう買い物に来たらしく、アクセサリーのコーナーでわいわいやっている。あんた、このあいだも似たようなの買ったじゃん。いいの、今年は長いの流行《はや》りでしょ？ピアスのコーナーで、とめどなく喋《しゃべ》り続けるのを側で聞きながら、おれは散らかったラックのあいだを整理した。

すると、「あのう」と、思った通りに一人が声をかけてきた。

「なんでしょうか」

「このピアスと、こっちのと、どっちがいいですか？」

ハートがつながっている金メッキのピアスと、輪の中に星のオブジェが少しずつ大きくなって連なっている銀のピアス。彼女らの言うとおり、今年は長めのタイプが流行っている。

「そうですね」

おれの意見を率直《そっちょく》に言うと「どっちでもいい。買え。むしろ両方買え」なのだが、もちろんそんなことは言えない。

「金属アレルギーなどがないのであれば、こちらのチタンポストのほうが」

値段も高いし、と続けそうになっておれは周章《あわ》てて口を噤《つぐ》む。

「アレルギーはないんですよ。そうだよね、やっぱり気になったほうを買うべきだよね」

「そりゃあんたの好きだけど……ねえ、こないだ『フルール』に出てた人ですよね？」

ほら来た。直行便で来た。おれがしぶしぶ頷くと、

「もうめっちゃ学校の中で話題になっちゃってて。そのうちばりばり、うちの生徒が来るはずです」

さようでございますか。なんか買ってくれるんなら、犬でも猫でも大歓迎です。

思いつつおれは、「いや、そんな」と返す。

「マジ、マジ。あの、失礼ですが身長何センチあるんですか？」

「……一七六ですけど」

「うわあ、そんなにあるんだ。細いから、小さく見え」

「ユカリ、やめなよ」

友人にたしなめられ、「ユカリ」は黙ってくれた。

「今度、紹介させていただけますか？」

相棒《あいぼう》と違って、こちらはまともだ。

やや安心したものの、

「紹介って？」

「うちの伯母《おば》がモデル事務所やってるんです。って言ってもあまり大手じゃないんで、いま人材が欲しいんですよね」

「……や、そういう話はあんまり……」

おれが、この容姿に自惚れているように見えるのだろうか。

あいにく、こちらは自分のツラが大嫌いだ。べつに整っているとも思えないし、鏡を見るなんてヒゲを剃《そ》る時ぐらいのもの。

言いながらおれは店長のほうを見た。腕で大きな丸印を出している。

冗談じゃねえ。

「なんだー、がっかり……でもいちおう、写真だけでも撮《と》らせていただけませんか？」

今回も店長は丸印。これを断ったら半殺しの目に遭《あ》うのだろうか。

「……いいすよ、どうぞ」

おれは愛想よく答え、彼女に言われた位置に立つ。出来心でピースを出すと、

「あのう。それはちょっと……」

しかもダブルで出した後だ。おれは内心恥じつつ、普通にだらっと手を下げて、言われるままに笑顔を作る。

むろん、ピアスも買っていただいた。当然だ、等価交換。

「ありがとうございましたー」

三人組は、本来ならおれが言うべき言葉をも奪いとって、意気揚々《ようよう》と店を出て行った。

「だめじゃないー、彗くん」

あんのじょう店長が言ってくる。

「おいしい話には、どんどん乗らなきゃ。ってもあるわけなんだし」

「……店長。おれがモデルになったら、この店はどうなるんですか?」

おれが返すと、しまったという顔になり、

「そうだ、そうだよねえ。ワタクシ、取り乱しておりまして」

店長は金髪頭をぐしゃぐしゃ掻《か》き回して、

「うちの看板だもんねえ、そんな、芸能界のようなお話はお断りさせて頂かなきゃね。うん」

「……じゃあなんでですか、さっきのイケイケポーズ」

「だから、取り乱してたんだってば」

豪快《ごうかい》に笑い飛ばされると、それ以上のことは言えない。

「そんな目であたしを見ないように。店長といえば、仲人《なこうど》と同じ、敬《うやま》って敬っていただかないと」

「そしておれの腹に脂肪《しぼう》がついた頃、おもむろにクビを切ると」

おれの厭味《いやみ》に、店長は参ったねえと言葉を探している。

「でもさ、彗くんだってこんなところで一生レジ打ちしてたいとは思わないでしょ？」

「こんなところって。立派な自分の城じゃないすか」

「そりゃそうだよ。亭主《ていしゅ》と別れて、雀《すずめ》の涙ほどの慰謝料《いしゃりょう》でえいっとばかりにここのテナント募集に応じて。赤字だらけで、今だって借金返してるけどさ。あたしなりのプライドで作り上げた城だよ、たしかに。でもさ、彗くんは言ってみれば衛兵《えいへい》の一人なわけじゃん？」

「つまり、王子さまじゃないわけっすね」

「王子さまでよけりゃ、王子でいいさ。実際、君が来てから客は増えたし、ここのところは黒字だけどさ、でも、彗くんはこれを男子一生の仕事って思えてる？」

「……」

たしかに、「男子一生の仕事」とは言えない。だが、今どき、中卒の未成年者を正社員として雇《やと》ってくれる会社なんてないだろう。夢である、創作料理の店を出すためには、ひたすら働く他はない。

答えないでいると、店長はおれの肘《ひじ》をつついて、

「ま、今のところはうちで客寄せパンダでもいいでしょうがね。っていうか、いてもらわないとね」

「……店長」

どっちなんだよ、結局。

言いたいのを堪《こら》え、おれは黙々と訪れる客の応対に徹《てっ》した。雑誌を見てやってきたと見える女の子がやはり多い。

「本物？　本物？」

「やっぱー、写真より全然イケてんじゃん」

そこでこそこそ話をしている諸君《しょくん》に告ぐ。買わないなら出て行け。

しかし、彼女たちはちゃんとそれぞれに夏物のTシャツと帽子《ぼうし》を持ってレジにやってくる。

「ありがとうございます。ポイントカードはお持ちですか？」

おれは内心ガッツポーズをとりながら、すかさず営業スマイル。

「あ、持ってないんです。でも、作ります」

「私も」

五百円ごとに一個つくスタンプ。三十個貯《た》まったら五百円分がタダになるという簡単なシステムだ。

「あの、お名前教えて下さいますか？」

ポイントカードに判を押しているおれに、彼女らは食らいついてくる。

「おれの？」

「ええ」

そんなの決まってんじゃん、と言わんばかりのリアクション。やはりおれは退く。しかし、陳列棚《ちんれつだな》にいた店長が振り返って目配せをくれるので、

「中川《なかがわ》ですけど」

「中川……下のほうは？」

「熊五郎《クマゴロー》です」

おもちゃにされていることに対する、ささやかな反抗だったのだが、彼女たちは爆笑し、あげく、

「けっこう冗談とか言うんですねー」

「いや、実際そうだし」

「うそばっか」

「どうもありがとうございました」

「はーいクマちゃん、また明日来るね」

しかも、いつのまにかタメ口だし。

が、どんな客だろうが客は客だ。おれは頭を下げる。

気づくと、店長がカウンターの前に立っている。

「なかなかやるじゃん、熊五郎くん」

「うざいっすよ、ああいうの」

「いやいや。あの子たちは、おそらく学校で『あのイケメンくんの店、行ってみたけどけっこう面白《おもしろ》い人だよ』かなんか言いふらして、それを聞いた女の子達が、我も我もとやってくるって寸法よ」

「またそれですか。ネズミ講ってわけですね」

「そうそう」

「……」

おれはげんなりし、前に働いていた時はこんなんじゃなかったのになあ、と思う。十七の時から約二年、八百屋《やおや》とか古本屋の店番とか警備員だとかのアルバイトを転々としてきたけど、こんなことにはならなかった……。

なんなんだろう。突然の嵐の中、おれは一人茫然《ぼうぜん》と立ちつくす。

なにかが、おれの知らないところでぐるぐる回っている。

そんな気になった。

「そりゃいい話じゃんか」

が、夕飯の席で、衛藤《えとう》は面白《おもしろ》そうに言った。

「そりゃ、あれだよ、カリスマ店員。お前もなんか、開業したら？」

第一志望だった広告代理店の内定をとりつけたので、気分がいいのだろう。ぐっとビールを飲み干す。

「……。できるもんなら、開業したいよ、早く」

おれは衛藤に対して、唇を突き出した。

「あ、そうだった。でも、雑貨屋の店員よりゃ、デルモのほうが儲《もう》かると思うぜ？」

「……」

「なんだったら、俺の部署《ぶしょ》でプレゼンしてもいいし」

まだ内定だけなのに、衛藤はご機嫌だ。

こういう時の衛藤を、おれは少しだけ可愛《かわい》いと思う。

が、口にはしない。黙って飯を食う衛藤を見つめるだけだ。今日は厚揚げと大根の炊《た》き合わせと、豚のしょうが焼きと、トマトサラダ。

「んー、うまいねえ、彗《スイ》くんの飯は。いつ食ってもうまい」

機嫌のいいまま、衛藤はまたビールをぐびりと一口。

「今日、内定くると思わなかったから、普通のおかず作っちゃったんだけど」

「いいのいいの、そんなの。確定したら、俺が、東京湾クルージング豪華《ごうか》なディナー付きにご招待するからよ」

「そんなのいいよ」

「いくねえよ。俺がここまで来られたのも」

「『全部自分のおかげだぜ』って？」

「先に言うなよ、っていうか、可愛くねえ奴《やつ》だな、お前ってほんと」

「……」

その言葉で、おれは左胸あたりにちくりと痛みをおぼえる。

可愛げのない子……それは、おれが小さい頃からことあるごとに、母親から言われ続けてきた言葉だからだ。

十歳も離れた次男だから、猫可愛いがられて育っただろう、と人はみな思うらしい。

けれど、おれは可愛がられた経験などない。

産まれた時既に、兄は中川《なかがわ》家のスターだった。

頭がよくて男前で、バレンタインのチョコレートを紙袋で持って帰ってくるほどの人気者。

それでいて、決して浮《うわ》ついたりはせず、いつもその「太陽のような笑顔」で万民に対峙《たいじ》する、生徒会会長。さらにはサッカーチームのエースで、キャプテンを務め司令塔《とう》として君臨している、子どもながらも誰もが一目《いちもく》置いている存在。

ここまでの条件だけで、もうじゅうぶんだろう。十年後に、思い出したように産まれた男児になど、誰もなにも期待なんかしない。

実際の話、おれは勉強はそこそこできたが、兄のように学年トップなんてものでもなく、スポーツや芸術系の才能があったわけでもない。

唯一《ゆいいつ》、兄に勝っている点があったとしたら、それは容姿だろう。家を訪れる客のほとんどが、まず兄を褒《ほ》め、「弟さんもお綺麗《きれい》でいらっしゃる」と、ついでのようにおれに讃辞《さんじ》を送った。

そんな記憶しかない。キレイだとか可愛いとかいうものは、べつに才能や努力で摑《つか》みとれるものではない。母親はそういう時だけおれの頭をまずは満足げに撫《な》で、「そんなそんな。男の子ですから、見た目だけじゃねえ」と、心ない言葉でおれを傷つけた。そして、客が帰ってゆく度《たび》、はじまるのだ、説教が。

『先方さまが褒めて下さってるのよ？　なのにその仏頂面《ぶっちょうづら》はなに？　もっとお兄さんみたいにちゃんとお礼を言いなさいよ。ほんとにもう、可愛げのない子だこと』

その「見習うべきお兄さん」が、おれにどんなことをしているのか、彼女は知らない。

風呂場での一件からこっち、兄はことあるごとにおれを部屋に呼ぶようになった。同じ行為をおれにさせ、一方的に満足すると、あとはおれの身体《からだ》を撫で回す。

『ここはどうかな？　もうできるかな？』

尻《しり》を揉《も》み込むように摑みながら、おれにとっては謎《なぞ》な、そんな言葉を耳許《みみもと》で囁《ささや》いた。

その意味が判《わか》ったのは、五年生になった時だ。

両親が仲人《なこうど》をつとめる結婚式があって、おれたちは家の中で二人きりになっていた。

その頃には、兄と二人きりになんてなりたくない、されていることが、変態的な行為だとうすうす感じはじめていたおれは、友だちと遊びに行くことにしていたのだが、会話の途中で受話器を取り上げられ、彗はこれから受験勉強です、大嘘をついて兄は電話を切った。

自分の部屋におれを招き入れた兄は、おれに服を脱《ぬ》ぐように言った。

おれが拒《こば》むと、頭を摑まれてベッドに引き倒された。

『お前の価値は、せいぜいこのぐらいなんだよ！　よく憶《おぼ》えとけ』

……そこから始まった、凌辱《りょうじょく》の時間のことを、おれは忘れられない。ベッドにはりつけられて、身体じゅうを舐《な》め回され、最後には足を開かされて、硬《かた》くなったアレをつっこまれて……もちろん入るはずがない。むりむりと押し込まれると、身体が引き裂かれそうな痛みがおれを襲《おそ》った。

『ダメだよ、お兄ちゃん。破ける、身体破けちゃう！』

いくら泣き叫ぼうとも、救けなんかくるわけがなかった。

『ちくしょう、狭《せま》すぎるぜ』

おれの尻に自身を突き立てたまま、兄は悔しそうに呟《つぶや》いた。

『これじゃ動けもしない。くそ』

そんなことを言われても、おれにはどうしようもない。

結局、その場はオーラルですませ、おれはようやく恐怖から逃《のが》れた。

けれど、いつかは本当にアレを突っ込まれて「動かされる」のだ、ということも知っていた——。


「どうした?」

テーブルの向こうから衛藤が問う。

「ぼーっとしちゃって。人の話をちゃんと聞いてんのか?」

「聞いてるよ」

おれは箸《はし》を動かし、夕食を再開した。

「豪華クルージングディナーだろ」

「それは、もう終わったよ」

「……」

衛藤が情けなさそうに睨《にら》んでいる。

「いいさ、どうせ俺の話なんて、なんの意味も価値もないたわごとだからな」

「そんなこと言ってないじゃんか。ちょっと考え事をしてただけ」

「なんの? 俺のこと?」

衛藤は身を乗り出してくる。

「目の前にいるこの俺さまって、ほんとかっこいいよなあ、とかそういうことか？」

……。

判っている。これがいつもの衛藤なのだ。自己中心主義というか、うまく人から話を聞き出すテクニック。

「ちげーよ」

おれが言うと、心底がっかりしたような顔になる。

だから、言うしかなかった。

「兄貴に初めてヤられた日のことを考えてた」

「……」

衛藤はなんとも複雑そうな表情を一瞬作った後、

「なんで俺との愉《たの》しいディナータイムにそんなことを？」

「……。判んない。あんたが、俺のこと可愛くないって言ったからかもしんない」

「俺？　ああー、あれ？」

衛藤は箸を置き、困った顔になる。

「あんなの、冗談に決まってんじゃんか。本当にブスな女に対して『ブス』って言うか？」

「……そりゃ」

「んー。ひょっとして、兄貴から言われた言葉だったりして？」

「微妙に違う」

「微妙？」

「家族。親に言われた。可愛げのないガキだって」

「親ぁ？」

衛藤は素《す》っ頓狂《とんきょう》な声を発した。

「なんじゃそりゃ」

「事実だから。たしかに俺、可愛くない子どもだったんだろうな。っていうか、兄ちゃんのできがよすぎて、視界に入んなかったっつうか」

「変態兄貴のどこが、できがいいんだよ」

「そりゃ、誰も知らないから。そんなこと」

「知らないって」

「言わなかった……っていうか、言えなかった。兄ちゃんは一家の希望の星だったし、あと子どもなりのプライドとかいろいろ」

「むーん」

衛藤は腕組みをする。

「そりゃ、俺もあの子にふられただの、仲間はずれにされただの、親には言えなかったな、たしかに」

意外にも理解を示してくれて、おれは驚き、そして嬉《うれ》しくなった。

「で、それと、兄貴にヤられたのとがどうつながるわけ？」

「……家の中で唯一《ゆいいつ》、おれを認めてくれたから……」

たとえイタズラ目的だとしても。

するとか衛藤は目をむいた。

「このどアホウが。そんなんでHしてどうすんだよ、兄貴とよ」

「したわけじゃない。されたんだもの」

「んなの、黙ってやらせる時点で、どっちもどっちだ」

「……」

「や、ごめん。俺には状況がよく飲み込めないんで……」

衛藤は弱った表情になる。

「だから、家の中で抱っこしてくれたり、甘い言葉かけてくるのが他にいなかったんだよ」

「抱っこったってお前」

「判ってる。最初から判ってた。おれの身体を触《さわ》りたがったり、手コキさせたり、そんなのは子どもに求めちゃいけないってことは……でも、それで喜んで貰《もら》えるならそれでもよかったんだよ、きっと」

あの頃の兄に対しては、嫌悪と甘えがごっちゃになった気持ちしか抱《いだ》けなかった。でも、それでよかったのだ。

「今となっては烈《はげ》しく後悔してるけど……」

「当たり前だ。誰が弟を性欲のはけ口に使うか。超ブサイクだったんだろ？　デブで脂性《あぶらしょう》でやたら息が臭《くさ》いとか」

衛藤の細かいディテールづけに、おれは笑いそうになったが、

「そんなんじゃない。ハンサムで成績優秀、文武両道の万年生徒会長だよ」

「……困らないじゃんか、セックスの相手になんか」

「そう……だよな。でもおれ、判んなかった。こういうことの全部は、隠れてやんなくちゃいけないもんだと思ってたから。まして赤の他人とするもんじゃないって」

「くそう。聞けば聞くほど腹立たしいぜ」

衛藤は茶碗にぐさ、と箸を突き立てた。

「いいよ。すんだことだし」

おれは衛藤を宥《なだ》めたが、衛藤はまだぶつぶつ「赦《ゆる》せんなあ、赦せん」と呟き続けている。

「で、家を出てから、兄貴とは？」

「会ってない。離れてるし。生きてるってことぐらいは判ってる」

「失踪《しっそう》届とか」

「ないない。友だちに連絡先は教えてるし、兄ちゃんには言わないようにって念押ししてるけ

ど、どのみちおれの行方《ゆくえ》なんて家ではどうでもいいんだろ。きっと捜索《そうさく》願だって出してない」

「なんでだよ」

「遠いから」

おれはおれの生まれ育った場所を教えた。

「近いだろ！」

たしかにおっしゃる通りです。しかし、問題は物理的な距離にはないのだ。心の距離が、もう遠いとか近いとかじゃなくて、測《はか》る単位からして違っている感じ。

「うむむ……芯《しん》から腐《くさ》ってるな、お前ん家の構成員」

「たぶんね。でも、おれはそれ以下の存在だから……」

「アホか！」

するとと衛藤はびっくりするほどの大声で怒鳴り、おれはびくっとする。

「……いや、すまん」

怯《おび》えているのが判ってか、衛藤は頭を掻《か》いた。

「つい頭に来すぎてしまいました……」

「うん」

「あのさ、自分の価値を自分が認めないでどうするわけ？」

「……」

「いてもいなくても同じ、なんて奴《やつ》はいないんだよ、この世のどこにも」

「うん」

「たとえば俺にはお前が必要なように、お前にだってそりゃあ、その俺が、その……」

「必要だな、うん」

「そ、そうか」

衛藤は照れたように言い、

「だから！　投げやりになったり、嘆《なげ》いたりするな」

そのままガーっと飯を掻きこんで、にくい科白《セリフ》を胡麻化《ごまか》した。

いいなあ、とそんな衛藤を見ながらおれは思う。

衛藤は濁《にご》っていない。少なくとも、兄やおれの他の家族のようには。

そんな衛藤を好きだと思えるということは、おれも濁ってはいないのかな。

なんでもいい。ここにいると、落ち着くし、バイトと部屋の往復だけの生活も愛せる。

衛藤のそばなら。


暗闇《くらやみ》の中に、おれがいる。他にはなんの気配もなく、真っ暗な中に、ただ一人。

怖《おそ》ろしいほどの沈黙で、おれは頼りなく辺りを窺《うかが》う。

誰か……誰か……誰か。
手探りで前に進む。ずっと遠くに、ちらちらと灯火《ともしび》のような光が見えてくる。
おれはほっとして、手を伸ばす。
と、その手を誰かが摑《つか》んだ。
よかった。助かった。
そう、思い、おれもその手を握《にぎ》り返す。
と、
「やっと帰ってきたな、彗《スイ》」
聞きあきた、忘れたい声が言った――。
「！」
身近に悲鳴を聞いて、おれは飛び起きた。
辺りを見回す。誰もいない、衛藤《えとう》の家のリビング。
じょじょに記憶が甦《よみがえ》り、悲鳴が自分のものだったことをおれは認識した。
……夢。
なんて厭《いや》な夢だ。寝汗《ねあせ》が首筋やTシャツの脇《わき》の下を冷やしている。
「彗？」
その時、ばたんと寝室のドアが開いて、衛藤が出てくる。

自分がいま、どんな顔をしているのか。判《わか》らないが見られたくなかった。けれど、それを告げる前に衛藤が蛍光灯《けいこうとう》をつけてしまう。

「あ……」

「どうした彗？　顔が真っ青だぞ」

おれは両手で顔を蔽《おお》ったのだが、衛藤は近づいてくると、おれの顔を上に向けさせる。

「具合悪いのか？」

おれはかぶりを振った。

「夢……」

なんとか声を、絞《しぼ》り出す。

「夢？」

「……なんか真っ暗なところに一人でいて……」

けれど、それは覚醒《かくせい》する寸前のことだ。その前に、なにか見ていたはずだと思う。が、思い出せず、おれは二度、かぶりを振った。

「怖かったのか」

「うん」

「今は？」

「目が醒《さ》めたから、怖くない」

おれは時計を見た。二時半。

「ごめん、起こしちゃって」

「そんなのはべつにいいけど……」

しおたれたおれに、衛藤は当惑《とうわく》しているようだ。

「判った。とにかく寝ろ。明日もバイトだろ?」

おれの肩を抱きかかえたまま、衛藤は優しく言う。

「……眠れそうにない」

おれは顔を上げた。

「じゃ、酒でも飲むか」

少し迷った後、おれは頷《うなず》いた。

エアコンのきいたリビングで、おれたちは床に隣り合って坐《すわ》った。

しばらくは、だまってビールを呑むだけになる。

そのあいだじゅう、おれはただ一つのことを考えていた。暗闇に落とされる前に、見ていた夢のこと。

……厭な記憶だった。思い出す前に、酔《よ》っぱらって寝付いてしまいたかったが、あいにくおれはアルコールに弱いほうじゃない。

「落ち着いたか?」

ロング缶を一本空《あ》けた後、衛藤が問う。

「……うん」

「嘘だな」

衛藤は鋭い。中身の残ったビールの缶を、おれの頬に押しつける。

「やめろよ、なんだよ」

「嘘つきの罰《ばつ》」

「……なんで判る？」

「彗のことだから」

「……」

「いや、嘘。あてずっぽう」

「誘導《ゆうどう》しやがったな、このぺてん師」

衛藤はにやりと笑って、ビールを呑み干す。

「なんか作ろうか？　つまみ」

「太るからいい」

「……そう」

またちょっと、間がある。

「衛藤、おれ……」

「ん？」

「初めて兄ちゃんとセックスした時の夢、また見てた」

そうだった。あの時の恐怖と痛みが、生々しく甦っていたのだった。

「……そうか」

衛藤は動揺《どうよう》を見せない。

「はじめて……その、突っ込まれたのは小五の時だけど、やっぱりそれは無理で。ほんとにやったのは、中学生になってすぐだよ」

父親はゴルフ、母親は習っているタンゴの発表会とやらで家を空《あ》けていた土曜日。兄貴は既に就職していたが、悪癖《あくへき》は直っていない。なにかにつけておれを弄《もてあそ》んでいた。

ただ、挿入《そうにゅう》していない、というだけで、もしかしたら肛門《こうもん》を使う以上にエロなあれこれをおれに施《ほどこ》した。

そんな関係。ずるずる引きずってきたおれも悪いのだ。

ただ、逃げられなかったのは、風邪で、熱があったからだ。

その、病気の弟の部屋をノックもせずに開いて、兄はおれのベッドに入ってきた。

「おい。それは反則じゃないのか？」

衛藤がつっこんだ。反則って、と笑うおれ。だが、現実に起きたことは、まだ笑い話にもできない。ついこのあいだのことみたいに思えて、生々しくて。

「動けない弟を犯すなんざ、鬼畜《きちく》のやることじゃねえか」

「そりゃそうさ。あいつ人間じゃないもん」

その、人外の輩《やから》は、布団を剝《は》がすと、おれのパジャマも下着も、手早く脱《ぬ》がせたのだ。

『だいじょうぶだよ。もう、お前の身体《からだ》は大人になってる』

そんな自分勝手な決めつけをすると、おれをうつぶせにした。

正直なところ、おれはあきらめていた。家に二人きりにされた時点で、兄の思うがままである。

腰だけを上げさせられ、恥ずかしい部位を兄の視線のもとに晒《さら》す。

頭がぼうっとしているところに、なにか冷やっこいものがあらざるべき所に入れられた。

『ローションぐらい使ってやるから、ぎゃあぎゃあ泣き喚《わめ》くなよ？　……ガキの頃みたいに』

不遜《ふそん》な言葉とともに、二つのふくらみの間にローションを塗《ぬ》りつける。

『や、やだ。痛いよ』

あの日の恐怖が甦ってきて、おれは身を退《ひ》こうとしたが、兄の力は勁《つよ》く、かなわなかった。

『じたばたするなよ、そうすりゃ痛くなくてすむから』

言いながら、指が乱暴に突き入れられては、退いていく。

『痛い。もうやめて』

『音《ね》を上げるな。本番はこれからだ』

兄は笑った声で言うと、おれの臀朶《しりたぶ》をぴたぴた叩いた。

熱い火箸《ひばし》のような棒を押しつけられる。兄の性器だということは、もう判っている。二年前の経験から、知っていた。

『！』

だからって苦痛が和《やわ》らぐでもなく、おれは烈《はげ》しい痛みに背骨がきしみそうになるのを感じる。実際、抽挿《ちゅうそう》されるたび、身体がぎしぎしと撓《たわ》むような感覚に襲《おそ》われた。

ろくに抵抗もできないのは、熱ではなくあきらめのせいだったのだと思う。腰をうちつけられながら、すうっと意識が遠のいていった……。

「ひでえ話じゃんか、それ」

聞き終えると、衛藤は目を剝《む》いて吐《は》き捨てた。

「でも、ほんとうにあったことだもん」

そうやって、おれは兄に仕込まれてきたのだ。

「誰にも言えなかったのか？」

衛藤が訊《き》く。うなずくおれ。

「言えるわけない。兄ちゃんは優秀でエリートで、家じゃ誰も兄ちゃんに逆《さか》らわない。一家の誇《ほこ》りなんだよ」

「そんなド変態のどこが」

「だから、誰も知らないから、そのことは」

「……そうか」

衛藤は兄批判をやめ、おれをぎゅっと抱きしめた。

「忘れろよ。て言ったって忘れられるわけがないのも判ってるけど、ちょっとずつ記憶から消して行って……そのうち辛《つら》くなくなれば」

「うん」

おれは衛藤の胸に頭を凭《もた》せかけ、そのシャツに顔を埋《うず》めた。

「……彗?」

「ちょっとだけこのままで……このままでいて」

「……」

「無理だったら、いいよ」

衛藤といたかった。それがどんなに衛藤にとってしんどいことかは判っていたけれど、衛藤の温《ぬく》もりが、今のおれには必要だったのだ。

そして、衛藤も苦情もなにも言わず、おれを抱きしめてくれた。

「判った。お前が眠るまでこうしてる」

優しい声。でも甘えちゃいけない。だけど衛藤の身体は温かくて、おれは涙が滲《にじ》みそうになってくる。

「……彗？」

「なんでもない、なんでもないよ」

「そうか」

背中に回された衛藤の腕が、勁く勁く、おれをこの世界に踏みとどまらせてくれる。いやなことなどなにもない、赦《ゆる》されたこのひとときに。

……そうしているうちに、眠ってしまったらしい。

朝起きたら、おれは衛藤のベッドに寝ていて、脇のテーブルにメモが置いてあった。

『よく眠ってるみたいだからこのまま行く。バイトには遅れるなよ』

おれはその紙切れを握《にぎ》りしめ、衛藤を想った。

きゅううん。


雑貨屋でのアルバイトは、いい感じで進んでいた。おれは持ち前の人懐《ひとなつ》っこい性質をフルに生かし、全方位外交でお客さんたちそれぞれに接し、彼女らを喜ばせ、店長の鼻を高くさせた。

そして時間がくれば、衛藤《えとう》と住んでいる部屋に帰るのだ。アパート前のスーパーで食材を調達し、衛藤にじゃれつかれながら飯の支度《したく》を調《ととの》えて、向かい合っていただきますをして……そんな、普通の日々が続くうち、自分でも驚くほど「普通の人」になりつつあった。

そんな夏の終わりのある日。

休憩時間、衛藤から、最終ゼミが終わったら、夕方頃そっちへ迎えに行く、というメールが届いて、おれは嬉《うれ》しい気持ちで午後の仕事に勤《いそ》しんでいた。

いつものように在庫チェックをしていると、ふと脇に立つ翳《かげ》がある。ペンシルストライプのサマースーツの足。

視線を上げたおれは、その場で倒れそうになった。

「け、……啓《けい》兄ちゃん……」

中川《なかがわ》啓。おれの身体《からだ》と心に一生消えない疵《きず》を作った張本人が、腕組みして立っていた。

会わなくなって、まる二年。今でも、大手の商社に勤めるエリートサラリーマンであることは、身なりからして変わりがないらしいとは思える。短めにカットした髪も、酷薄《こくはく》そうな笑みを浮かべた姿形も、あの頃と同じ。

「ずいぶん久しぶりだな、彗《スイ》」

薄い唇を歪《ゆが》ませて、啓は、見馴れた冷たい微笑をくれてよこす。

「……なんでここが」

「ちょっとツラがいいからって、浮かれた雑誌にチャラチャラ載っかってる奴《やつ》の科白《セリフ》か、それが」

「……」

好きで載ったわけじゃない。ある日突然載っていただけだ。

そして兄のほうも、ある日突然手にしたのだろうか。奴の大嫌いな「今どきのチャラチャラした青二才」向けのファッション雑誌を。

「大学時代に一緒のゼミだった女から、これはあなたの弟じゃないのって連絡が来てな。俺は目を疑ったよ。つくづく堕《お》ちたもんだな、お前も」

「……」

おれ的には「堕ちた」より「上がった」つもりだが、兄の見解は逆らしい。

「それで来てみたら、お前は毎日へらへら頭下げて。どういうつもりだ」

ぞっとした。ここ何日か、誰かの視線を感じたことが、気のせいではなかったこと、そしてそれが兄のものだったと判《わか》って。

「どんなつもりもなにも、仕事してるだけだけど？」

「物欲しげな顔で、そこらのチンケなガキ娘に愛嬌《あいきょう》ふりまくのが仕事か」

「おっしゃいますけどね」

突然、第三者の声が割り込んだ。店長だ。

「たしかにうちはお客様相手にものを買って頂く店ですよ？　だから、大切なお客様を貶《けな》したり、彗くんに厭味《いやみ》を言うのはよして頂けますか？　お話を伺《うかが》うところ、近親者の方だとは思いますが」

「……兄です」

仕方なく、おれはこの闖入者《ちんにゅうしゃ》の正体を明かした。

「お兄さん？　だったら、彗くんが頑張って働いていることを喜ぶぐらいなさったらいかがですか？」

兄はそっぽを向いて店長の意見を受け流した。

「どのみち今日で終わりですから、アルバイトは」

「なにを勝手な……」

おれが言う前に、

「こいつは家出中で、しかも未成年だ。家族が迎えに来て当然だろう」

どちらにともなく兄は言う。

「だったら何日も眺《なが》めてないで、見つけた時点で連れ帰って頂いたほうがよかったんじゃないんですか？」

店長も気が勁《つよ》い。兄と堂々と渡り合っている。

「そんなのは、それこそ勝手な意見だな。俺はこいつの兄だ。家族のほうを優先するのが普通だろう」

「だから、それなら毎日とか言ってないで……」

「店長。もういいです」

おれはげんなりとして、店長を止めた。これ以上話したって、いやもともと話なんかできない、こいつとは。

「帰るんだな？」

おれは頷《うなず》いた。兄の、執念深《しゅうねんぶか》いヘビのような眼差《まなざ》しに囚《とら》われると、おれはもうどうすることもできない。とにかく怖い。キングコブラに追いつめられたウサギのように、怯《おび》えるしかない。実際、もう震《ふる》えは始まっていた。その視線に含《ふく》まれた毒で。

「ちょっと待ってよ」

店長はまだ言い足りないらしい。腰に手をあて、対戦モードだ。

「今日の今日、今、ここから連れて行かれちゃ、こっちが困るんですけど？」

「募集の広告でも貼《は》っておけよ。こいつよりは役に立つだろう。とにかくこいつの取り柄《え》といったら、せいぜい――」

「もうやめてくれよ。今すぐここから出るから」

兄の発言内容が予測できたので、おれは周章《あわ》てて遮《さえぎ》った。セックスのことを言い出すのに決まっている。そんなことを、店長に知られたくはなかった。

「彗くんねえ」

「すいません。そういうことで、おれ、今日はここで」

「やめるのは勝手だけどさ。仕事の責任はどうするの？　アルバイトといっても、君はここで働いてお金貰《もら》ってんだよ？」

店長の鉾先《ほこさき》はこっちに飛んだ。

「……すいません。今月ぶんのバイト料はいいですから」

「彗くん」

「無責任なんです、おれ」

おれは最後にそう言い、面倒臭《めんどうくさ》そうに腕組みして待っている兄のほうへ寄った。とにかくもう、この場を離れなければ。

足早に急ぐ兄について、エスカレーターに乗りながら、おれは、

「なんで急に？」

問うと、兄は不機嫌そうな声で、

「言ったろう。このくだらん雑誌を見せられたんだよ」

「……」

「なんだ、この下品な雑誌は。顔を公《おおやけ》に出すのが、そんなに好きか」

たしかに写真を撮《と》らせたのはおれのミステイクだが、おれに好意を持ってくれた彼女らのことまで一緒に貶された気がして、おれは内心むっとした。しかし、表に出すことはできない。

それほどに、この兄が怖い。

「お父さんとかは……？」

「親はお前に関心などない。家中でお前に価値を見出《みいだ》しているのは俺だけだ。判っていないな」

今度はへこんだ。いくらなんでも、家族からも無視されているとは……だが、それは家にいる時から感じてはいた。おれは要《い》らない子どもなのだと。

「……家に？」

「お前なんか連れ帰っても、親父たちが厭がるだけだ。俺の家だよ」

「……」

「なんだよ？」

「兄貴の……家？」

「お前が家を飛び出してから、半年ぐらいで俺も家を出たんだよ。二十八にもなって親と同居はないだろう」

大学を出て、業界最大手の商社に勤めるようになっても、兄は家に、おれに執着していた。親のいる夜も、おれの部屋に忍んで来ては、おれをおもちゃのように扱《あつか》っていた。おれはなるたけ声を出さないように必死で耐えた。その頃にはもう、兄に抱かれるのなんて当たり前のことになっていて、身体もいろいろと仕込まれた。兄はおれの身体をいじくり回すのが好きらしかった。どこがおれの急所だか、そうやって探り出すことはたいそう愉《たの》しい行為だったらしい。たとえば、耳の穴を舐《な》められると腰がくだけそうになるだとか。急速にエスカレートする、秘密の関係。おれもほとんど機械的に兄に奉仕《ほうし》して、その精液を呑《の》んでいた。

だから、おれなんかほんとうに惨《みじ》めったらしい無能者のヘタレで、身体も心も腐っているのだ。

そんなおれを、好きだと言ってくれた衛藤の顔が浮かんだ。忌《い》まわしい過去ごと、おれを包んでくれた衛藤。最初はひどい奴だと思ったけど、あんがいお人好しで面倒見のいい衛藤を、いつのまにか好きになっていたおれ。

でも、もうおしまいだ。休憩《きゅうけい》時間は終わり、おれはまた元の、兄の人形になる……。

重い身体を引きずって、モールを出ようとした時だ。

「あれ？　彗？」

なんということだろう。当の衛藤がちょうど入れ替わりで入って来て、おれの心臓はびくんと跳《は》ねた。

「学校が終わったから、一緒に帰ろうと思って来たんだけど……？　まだ上がりの時間じゃないだろ？」

言いながら、おれの同伴者《どうはんしゃ》を怪訝《けげん》そうに見やる。

「……誰？　知り合い？」

「兄だ」

少しの沈黙の後、衛藤は、

「なるほど。彗をさんざん弄《もてあそ》んだっていう変態兄貴か」

低い声で言った。

ダイレクトな言葉を吐《は》かれ、兄もむっとしたらしい。

「で、今のカレがお前か。お前もなかなかやるな、彗。俺がいないところでも、さっそく男をくわえ込んでいやがる」

「おれは……」

「まあいい。今まで弟が世話になっていたようだし、礼ぐらいは言うか、穀潰《ごくつぶ》し」

「に、兄ちゃん」

衛藤を戦闘《せんとう》モードにさせるための、挑発《ちょうはつ》だぐらいはおれにも判った。こんなところで騒ぎを起こして、衛藤の内定が取り消しになったりしたら目もあてられない。

だが、衛藤は予想したようにはキレなかった。ただ、

「なんとでも言うがいいさ。俺には彗がいる」

さらりと言ってのけ、兄を睨《にら》む。

おれはといえばその一言があまりに温《あたた》かくて、目裏《まなうら》が熱くなるのを感じた。

「いないね。こいつを仕込んだのは俺だ。既得権は俺にある」

「なにがどっちにあろうが、べつに関係ないな。彗、帰ろう」

おれは思いきって、衛藤のほうへ一歩踏み出そうとした。

そのおれの肩をがっちりホールドして兄は、

「家族が一緒にいてなにが悪い？」

「弟を強姦《ごうかん》するような兄貴とは、離れていたほうがいいんじゃないのか？」

衛藤は、そいつもきっぱりと撥《は》ねた。

久しぶりに見る、衛藤の不遜《ふそん》な顔と態度。周りはただ圧されるしかない、衛藤の威厳《いげん》。

さすがに怯《ひる》んだらしく、兄は一瞬答えに詰まったが、

「なるほど。身の上話をするような仲か」

皮肉っぽい笑みが口の端に浮かんでいる。

その笑みを嘲笑《あざわら》うように、衛藤は胸を張って、

「一緒に住んでんだよ。ある意味、家族以上だろ。聞いた限りではろくなメンバーしかいなさそうだしな」

「何人目だ？　こいつで」

兄は急におれに向き直る。

「すっかりのぼせていやがる。俺の仕込みは正しかったわけだ」

おれはもう、答える気力も失《う》せていたが、

「兄ちゃん、おれ、やってないよ……」

ぼそぼそ抗弁した。

「は？」

兄はといえば、聞き馴れない言語を聞いたかのようにおれを見る。

「なにもしてないから。キスはしてるけど、それ以上はない」

「なんの冗談だ。この男はインポってことか」

「彗が大事だから、彗がいいって言ってくれるまで、俺は待ってんだよ」

と、衛藤。

「はあ？」

兄はいよいよもって、不可解な顔つきでおれたちを見る。

「そういうこと。俺はあんたより出来は悪いかもしれないけど、彗を好きな気持ちはたぶんあんたより数万倍だな」

「嘘をつけ」

「本当だから」

兄はやはり、疑わしげにおれたちを眺めている。

「そんなに珍しいか、俺らが。男二人で同じ部屋にいたら、そういうことをするのが当然とでも思ってんのか？　話にならないな」

「……もういい。彗、こっちに来なさい」

兄は衛藤と渡り合うのをあきらめたらしい。差し出された手を、しかしおれは摑《つか》むことができなかった。いや、摑むという選択がなくなった。

代わりに衛藤がおれの左手をぎゅっと握《にぎ》り、挑《いど》むような眼差しで兄と対峙《たいじ》する。

「泥棒《どろぼう》のくせに、なんだその態度は」

「悪いのはあんたのほうだろ？　どう考えたって」

「なにが」

「だから、彗をおもちゃみたいに扱うことがだよ」

「よけいなお世話だ。こいつはそういうのが好きなんだ。弄ばれるのが」

おれは力無くかぶりを振った。反対に、衛藤のおれの掌《てのひら》を包む手に、ぐっと力が入る。

「そんな都合のいい奴なら、他をあたれ。こいつはもう、誰にも渡せねえ」

「……いいかげんにしないと、警察呼ぶぞ？」

「呼ばれて困るのはそっちだろう。実の弟とあんなことやこんなことをやってまーす、とても言う気か」

「出自が違う。俺は家族だ。赤っ恥《ぱじ》かく前に認識しろ。話にならん。彗、行くぞ」

「警察呼ぶほうが先なんじゃないの？」

「彗、来なさい」

兄は、衛藤のことなどもういない存在として扱う気なのだろう。おれだけに見せる表情で、おれだけに判るやり方で、おれを拘束《こうそく》しようとしているのだ。

家族愛。

そいつに見放され続けたあの頃、たしかに「愛してるよ」と言ってくれたのは兄だけだった。

「二年も顔見せてないんだ。父さんたちだって」

「無関心なんだろ、こいつには」

すかさず衛藤が口をはさむ。

そしておれも、家族のことを言われても、ただ一人の他人を求めていた。

「お前。そのうち後悔することになるぜ？　判ってんのか」

「俺は彗だけを見ている。世界中を敵に回そうが、俺は闘《たたか》う。護《まも》ってやる。幸せってやつを二人で探すんだ」

「マンガの読みすぎだな」

兄はほとほと呆《あき》れた様子だ。

「それとも、ちまちました恋愛映画でも観《み》すぎたか、青二才」

「俺がなにを見て育とうが、あんたには関係ねえよ。彗、行く必要はない」

「家族が危篤《きとく》だとしてもか？」

ずしっと胸にこたえた。おれはそう、どこへ行ったって、なんの愛情も与えられていなくたって、中川家の一員なのだ。

「危篤だろうが葬式《そうしき》だろうが、知るか。こいつを排除したのはあんたら全員じゃねえか。そんなの家族なんて呼ばねえぞ」

……別の意味で心に刺さった。家族。なんとも甘く優しい響き。

そして今のおれには、決して手に入れることができないもの——。

おれはうなだれ、いじけた気分になった。家族。

「親なんてそんなものだ。忘れられているぐらいでちょうどいいんだ。俺だって、必ずしも親と百パーセントうまくやっているわけじゃない」

「それがどうした。俺だって今朝、おふくろとやりあったぜ？ 思春期ならではのあれこれを、決して理解しないババア」

「立派なもんじゃないか。いい家だな。そういうところも全部、許容してくれるわけだから……ほら、彗が落ち込んでる」

突然向いた鉾先《ほこさき》に、おれはどきりとした。

たしかに、家庭とか家族とかいう言葉はおれを落ち着かなくさせる。

だが、それを口にしたから衛藤を嫌うとか、そんな感情はない。

どちらかというと、好きだ。衛藤の、六つ下の弟がオタクだとか、カルチャースクールで、俳句の先生を好きになってしまった母親が、無理なミニスカート姿で通っているだとか。

そういう話をして膨《ふく》れる時の子どもっぽい衛藤の顔が好きだ。他にもいっぱい、好きの要素が詰まっていて、だから俺はこいつの側にいるんだなあと実感できる。

でもそんなことも、今日で終わりなのだろうか……おれは本気で怒っている衛藤の、整った横顔を見つめた。

つながれた掌が温かくて、おれはいつまでもこの手を離したくないのにと思う。

「人が、なにを見て幸福になったり優しい気持ちになれるのかは知らん。俺は自分本位のナルちゃんだからな」

「衛藤」

「だけど俺は実際、こいつといると穏やかになれる自分が好きだ。俺にそんな気分を与えてくれる彗のことは、それ以上に好きだ」

震えもせず、よどむこともなく衛藤はそう言い切った。

兄は半分莫迦《ばか》にしたような顔で、

「で？　陳腐《ちんぷ》な決め科白の後は、どうなるの？」

「こいつと飯食って帰るだけだよ。あんたの出番は、残念だけどここまでってことかな」

兄はむっとした顔になった。精一杯の厭味を、正論で躱《かわ》す衛藤が憎《にく》いのだろう。

「そう。それじゃ俺は、未成年者の略取により、お前を訴《うった》えるとするか」

「どうぞご勝手に。公を頼りにするとは、これまたチキンな兄ちゃんだな」

兄の顔色が変わった。おれの腕を放し、やにわに衛藤の胸ぐらを摑んだ。

買い物客が、なにごとかと集まり始めている。やばい。おれは周章てて、

「こんなところで、殴《なぐ》りあいなんかよそうよ」

言ってみるものの、兄は衛藤の襟首《えりくび》をホールドしたまま。表に引きずり出した。やばい。兄は空手《からて》の有段者だ。衛藤に腕の憶《おぼ》えがあるならともかく、なんらかのダメージを避けられないだろう。

「こいつがあんたの言いなりにならないから、俺を殴る気か？」

「お前のふてぶてしい態度も気に入らない」

「じゃ、殴れば？」

おれはびっくりして、つないだ衛藤の掌を揺すった。

「そんなつまんないことで殴りたくなるんだったら、勝手に殴れ」

「や、やめろよそんな」

「お前は黙ってろ」

衛藤はおれの手を放し、兄に対面した。

修羅場《しゅらば》だった。

兄の正拳突《せいけんつ》きを、ガードすることもなく衛藤はただ殴られるままになっている。ぐしゃ。鼻血が整った顔に流れても、気にするふうでもない。一度もやり返すことなく、文字通りサンドバッグ状態になりながらなお、そのままでいる。

道ゆく人が、この白昼のストリートファイトを遠巻きにしていた。

「やめろよ、もう。やめてくれよ」

おれは兄の懐《ふところ》に飛び込むようにして制止を試みた。敵《かな》うはずのない相手だったが、火事場のクソ力というやつか、気づいたらしりもちをついた兄と、しゃがんで息を切らしている衛藤がいた。

「彗……俺にさからうのか？」

兄は、しりもちをついている自分が信じられないらしい。茫然《ぼうぜん》としておれを見ている。それなりのダメージは与えられたようだ。おれは口を開いた。

「おれは帰らない」

その目を見て、はっきりと言った。執念深いヘビのような目。でも逸《そ》らしちゃいけない。そう思った。

「彗？」

「あんたの性格も、自分の弱さも嫌いだ。嫌いなことしか待っていないのに、なんで帰れる？」

「彗、俺を捨てるのか」

「暴力しか加えられない相手なんてごめんだね。昔も今も、あんたのことを思うと吐き気がする。大嫌いだ。とっとと失せろ」

兄はショックを受けた様子で口を噤《つぐ》む。おれに愛されているとでも思っていたのか。それも仕方がない。拒否しないということは、結局受け入れているということになるのだから。

そして、そんな生活に甘んじていた自分を、おれは心から憎む。クソッタレ。おれも兄貴も最低だ。

「……お前はまだ未成年者だ。親の許可なしに勝手にどっかに行って自立することは赦《ゆる》されない」

いくぶんトーンダウンしつつも、兄はむちゃくちゃなことを言う。

「出ていかざるを得なかっただけだろ。なに寝言ぬかしてんだ」

と、衛藤。腫《は》れあがった口から、ぺっと血反吐《ちへど》を吐き出した。

「それとも、最高裁まで争うか？　あんたのキュートな過去が、法廷で明るみに出るのも悪くないんじゃない？」

兄は唇を噛《か》みしめ、怖ろしい形相《ぎょうそう》で衛藤を睨んでいる。しかし、警察だとか裁判だとか、たとえ勝ち目があろうとも、関わりたくないはずだった。奴は自分の立場を護ることをいつも優先する。裁判沙汰《ざた》を抱《かか》えてるなんて判られちゃ、会社にもいづらくなるだろう……。

おれの推測がどこまで当たっているのかは判らないが、たしかに兄の目から光が消えた。耿《ひか》らなくなった眸《ひとみ》を、のろのろと俺に向ける。

「彗……俺を捨てるのか」

さすがにちくりと来た。セックスのことで、おれはたしかに兄と同罪ではある。泣こうがわめこうが、最後までやらせてくれるということは、厭がられてはいないということだ。きっと兄は、そう信じている。おれの態度がへなちょこだったから、要《い》らない誤解を生んだのだ。

だが、今は折れるわけにはいかない。一生がかかっている。

おれは真っ直《す》ぐに兄の目を見つめた。

「捨てるよ？　あんたなんかもう要らない。消えろ」

一言一言、心の底からわき上がってくる声を出した。

「新しい男ができたからか」

「もともと、男なんかいない。おれが初めて好きになったのは、この人だから」

隣で衛藤がわずかに身じろぎをする。

「……」

兄はヘビのような目でおれたちを交互に睨んでいる。

その時、衛藤が手を打った。

「はいはい、あんたの持ち時間はもう終わり。お引き取り願えますかね？」

先に立った衛藤は、兄に手をさしのべた。兄はその手を邪険に払いのけた。

最後にもう一度おれを見る。

「彗……このままですむと思うなよ？」

捨て科白。おれはやや怯えて、衛藤のシャツの裾《すそ》を摑んだ。

「ブラフだ。気にすんな」

衛藤が小声で囁《ささや》く。

ふらふら歩いていく兄の背中を、おれはなんの感情もまじえずにただ眺めた。さようなら兄貴。さようなら、弱いおれ。

「……想像以上にヤな奴だったな」

苦笑して、衛藤は血のついた手の甲で口の端を拭《ぬぐ》った。新しい血が、まだ鼻から下を染めている。

おれはタオルを取り出して、血まみれの顔を拭《ふ》いた。それぐらいのことしかできない自分が歯がゆい。

「医者に……」

言ったが、衛藤はそっけなく、

「かまわねえよ」

「だって、腫れてるよ、顔」

「先に歯医者だな」

衛藤はぺっと折れた歯を吐き出した。銀冠の破片が落ちてくる。

「奥歯でよかったな。前歯じゃ、さすがに色男も形なしだ」

「……」

と言いつつ腫れあがった目蓋《まぶた》は、色男のはずの衛藤の容貌《ようぼう》を損《そこ》ねている。

「なんで……？」

おれの問いに、

「なんでって？」

「やり返さなかったんだよ。そんな、ボロボロになるまで殴らせなくても」

「言ったろ。それであいつがお前から離れるんなら、なんぼだって殴らせてやるって」

おれはもう、なにも言えなくなって下を向いた。鼻の奥がつうんとする。目裏が熱い。

「泣いてんじゃねえよ、つまんないことで」

「つ、つまんなくなんか……な、い」

「だから泣くなって」

衛藤は毀《こわ》れた顔を苦笑に歪ませた。

「唯一《ゆいいつ》の取り柄が台なしで、株価は下落か」

おれは勁くかぶりをふった。衛藤がこれほどいい男に見えたことがない。誰よりも、なによりも恰好《かっこう》よく見えた。

「それより彗、さっきの言葉」

衛藤は思いついたように言う。

「え？」

「好きなのは俺だけとかなんだとか」

「……」

「マジ？」

「だ、だから前からそう言ってんじゃないか」

「でも、もういっぺん聞きたいなあ」

衛藤はにやにやしている。

「ば、莫迦。こんなところで言えないよ」

「そう？　俺は今、猛烈に彗を抱きしめたいんだけど」

けろりとして衛藤。おれをうつむかせると、

「まあそう照れるな。いくら俺を好きだからって」

「衛藤……」

「じゃ、帰るか」

おれを恥ずかしがるだけ恥ずかしがらせておいて、衛藤はさっさと背中を翻《ひるがえ》す。

いつのまにか野次馬たちの姿はなくなっていた。

おれたちは無言で、白昼の街を歩いた。腫れあがった顔の男と、その隣を涙目で歩いている男。すれ違う人たちは、一瞬ぎょっとした表情になる。なんに見えるんだろう、おれたちは。

おれがそう言うと、衛藤は、

「なにに見えたっていいさ。俺には彗を庇《かば》えたんだから」

身体にダメージを受けても、心は満足感でいっぱいということか。

「……うん」

おれはその逆。身体は無事だったが、ハートはさんざんだ。

だが衛藤の誇《ほこ》らしげな顔を見ているうち、あちこち散らばった思いが重なって、ひとつになる。

おれは、衛藤国春《くにはる》が好きだ。

心から、そう思える。

衛藤と寝たい。その昂《たか》ぶりをおれの全身で受け止めたい。

それがおれの、誇りになるから。


部屋に帰り着くとすぐ、おれは衛藤《えとう》の傷口を消毒し、厭《いや》がるのを無理やり軟膏《なんこう》を塗《ぬ》ってガーゼで塞《ふさ》いだ。目のほうは、冷やすしかないだろう。

あとは……と考えていると、衛藤は救急箱のむこうから、

「やることは他にあんじゃん？」

いたずらっぽい笑みを浮かべている。切れた唇の端。

「うん」

おれとしては覚悟を決めて衛藤の側に行ったのだが、衛藤はいつものように軽いキスだけで

おれを放す。

「これ以上やると、勃《た》っちまうからな。俺、いまギラギラしてるから」

「勃っていいよ」

おれは即答した。

衛藤はえ？　と一瞬不思議そうな顔になる。

「抱いていいよ。っていうか抱いてくれよ。おれ、あんたとしたい」

「彗《スイ》」

「護《まも》ってくれるんだろ？　おれのこと」

「そりゃ……でも、ほんとうにいいのか？　俺いま」

「ギラギラのビンビンなんだろ。寝ようよ」

「すげえ。彗の口からそんな言葉が出るなんて」

「出させたのはそっちだろ」

おれたちは口を閉じ、目と目を合わせた。

どちらからともなく顔を寄せ、さっきより深いキスをする。角度を変えながら、何度でも。

やがて舌と舌が絡みあい、おれは衛藤のそれを吸う。血の味がした。

おれのおかげでこんな……おれは申し訳なく思った。しかし、じきにそんなことも考えられなくなった。

そのまま、リビングのフロアに身体《からだ》を倒して行く。

衛藤の愛撫《あいぶ》は優しかった。少し物足りないほどに。傷ついているのは自分なのに、衛藤はおれを薄いガラス細工《ざいく》かなにかのように慎重《しんちょう》に扱《あつか》ってくれる。乳首《ちくび》に触れた舌が、丁寧《ていねい》にそこを舐《な》め、吸い上げる。嚙《か》みついたってかまわないのに。おれは胸にそよぐその感覚に発情した。

「彗、彗」

呼びながら、おれの身体じゅうにキスの跡をつけてゆく。下腹部に触れられると、そこはぴんとそそり立ち、淫《みだ》らな蜜《みつ》を零《こぼ》した。

「なんでこんな、感じるの？」

問われても答えられない。おれだって戸惑《とまど》うほど、衛藤を求めている。

「んっ」

衛藤の唇が、先端部分を包んでいた。

経験がないわけじゃない。するのもされるのも、馴れているおれ。

けれど本当に好きな人からされるというのは、また違う。

衛藤がおれのを舐めている。おれの総《すべ》てを。それが判る。ときおり先端を勁《つよ》く吸われ、おれはその都度、腰をくねらせてイッてしまいそうな自分を堪《こら》えた。

衛藤にも気持ちよくなってほしい。

早く衛藤とひとつになりたい。

思いばかりがぐるぐる回って、それは下腹部でマグマのように疼《うず》いているおれ自身がいつ、爆発するのか判《わか》らない状態へとおれを挑発する。

「あ、あ……衛藤」

たまらずおれは声を放っていた。

「早く……来て、くれよ……」

おれの言葉に、衛藤は、下腹部に埋《うず》めていた顔を上げる。

「いいの？　挿《い》れちゃって」

おれはこくこくと頷《うなず》いた。

衛藤は身を起こし、正面からおれを見つめた。

「泣いたってやめないぞ」

「うん」

衛藤のそこも、いきり立っている。それを。軽く扱《しご》いた後、衛藤は先端をおれの入り口にあてがった。

「あ、ああ……っ」

それは予想以上の太さで、おれはつい声を上げてしまう。

「痛いか？」

頷きかけて、やめた。衛藤に全部取り払って欲しい。兄のことやなにもかも。

「すげー……よく締まるな」

衛藤は素直に驚いている。兄にやりまくられた過去を知っているから、いっそう驚くのだろう。

「どんな感じ？」

「イキそう……」

「挿れたばっかだぜ？」

判っていても、おれはいま、衛藤国春《くにはる》を欲しがっているのだ。

「きつくないか？」

かぶりを振る。

おれは知らなかった。セックスは、身体を繋《つな》げるための手段ではなく、心と心が響き合うことだって。相手の総てで心が満ち足りてゆくものだってことも。

でもこうやって内奥に好きな人を迎え入れるのは、なんといったらいいのか。痛みはあるけど、怖くない。逆に、もっと乱暴に突き上げられたっていい。心も身体も衛藤を求めている。

「いいよ。もう痛くない」

おれは腰を上げ、衛藤を促《うなが》すように下肢《かし》を擦《こす》りつけた。

衛藤はこわごわ、動き出す。

それ自体はなんの違和感もない。ただ、時折おれのスポットを突いてくる時があって、おれはその度《たび》泣き声をあげることになる。

「イッちゃうの？　イキそう？」

腰を使いながら衛藤が訊《たず》ねてくる。おれはかくかくと頷き、その瞬間にまた突かれて、ああ、と高い声を出してしまった。

「色っぽい声」

衛藤はくすりと笑った。

「衛藤」

「焦《じ》らすには俺もきちゃってる」

言うなり、衛藤はそのスポットを烈《はげ》しく突き上げた。

「あ、ああ――」

初めて、突っ込まれたままイクというのを体験した。後ろだけでイケるなんて……おれは衛藤に抱きしめられたまま、失神してしまった。


次に目覚めた時、おれはバスローブ姿で、下にはなにもつけていないが、身体《からだ》は燥《かわ》いていた。どうやら汗《あせ》は衛藤《えとう》が流してくれたらしい。しかも、おれが気を喪《うしな》っているときに。バスルームから聞こえてくる水音。たまらなく恥ずかしい。

「おや、お目覚めですか、姫君」

やがて音が止まって、腰にタオルを巻いただけの姿で衛藤が出てきた。

横たわったままで目だけ開き、おれは衛藤の顔をまじまじと見つめてしまった。

目蓋《まぶた》の腫《は》れは退《ひ》いていない。それどころか脇腹に巨《おお》きな青タンができている。

やばい。泣き寸だ。おれは上掛けを持ち上げて顔を隠そうとしたが、衛藤はそれを赦《ゆる》さない。

俺の顔を包むようにして、笑いかけてきた。

「気になるほどイケてない？」

「そうじゃなくて……おれのおかげでこんなんなっちゃって、おれどうしたらいいか……」

「どうもしなくていいよ。男の命は顔じゃねえしな」

軽く唇を重ねた後、自虐的《じぎゃくてき》に笑う。

「ま、俺の場合、ルックスしかアピールポイントがないわけだけど」

「そんなことねえよ」

と、おれ。おやという表情で見返す衛藤の掌《てのひら》に、自分のそれをかぶせた。

「正直、もっと軽薄な奴《やつ》だと思ってた」

「うん。軽薄だよ？」

「簡単に言うなよ。おれが初めて好きになった相手なんだから……運命が用意してくれた、きっとあんたがそれなんだ」

いつかの会話を思い出して言う。

「本当にそう思ってくれてんのか?」

衛藤の言葉に、おれはかくかくと頷《うなず》いた。

腫れた顔に喜色が浮かび、衛藤はおれの顔じゅうにキスの雨を降らせる。

「もっとたくさん、しような」

「うん」

「もっといっぱい、たがいのいいところや悪いところを見つけて、それでも離れられない同士でいよう」

おれは首をもたげ、衛藤の唇に自分から触れた。

「好きだよ……あんたが」

「判《わか》ってるよ。そんなの、最初っから判ってた」

衛藤は衛藤らしく、傲慢《ごうまん》な顔つきで言う。

笑ってしまったが、嬉しくもなった。

この人となら、きっとうまくやれる。なにもかも。

その夜、おれたちは抱き合って眠った。身体が密着して、ひとつになって、それでもまだ足りなくて抱きしめあう。

これを恋と言うのだろう。十九年近く生きてきて、やっと本当の——おれのために用意された相手ができた。この温《あたた》かさを、大切にしよう……。


「彗《スイ》! 何時だと思ってんだ。さっさとメシ作れ」

……翌朝の衛藤《えとう》は、いつもの衛藤だった。

「うっせえなあ。あんたが寝かしてくれなかったんだろ」

「関係ないね」

はいはい、判《わか》りましたよ。

「フレンチトースト。シナモン味希望」

おれはコックさんか。

ぶつぶつ言いつつも、おれは卵をボウルに割る。衛藤は鏡を見てショックを受けている。ひいい、これが俺の顔か。

「すみやかに歯医者に行かなくちゃな。せっかくの美貌《びぼう》が台なしだぜ」

「……今のほうがかっこいいよ」

おれはぼそりと呟《つぶや》いた。

「へ? 今なんて言った?」

「――べつに」

「かっこいいって？　この俺さまの腫《は》れた面《ツラ》のほうが」

「……聞こえてんなら訊《き》くなよ」

「そうかー、俺は殴《なぐ》られてもいい男か。まっ、そんなの当たり前だけどね」

……判っている。これが衛藤国春《くにはる》という男なのだ。

「よく聞こえなかった。もういっぺん言って？」

いつのまにか、おれの背後に立っている。

「やだよ」

「言えよ」

「聞いたんだろ。それでいいじゃんか」

「だめ。もういっぺん」

「……かっこいいよ、衛藤」

「マジ？　超ラッキー」

「アホか」

おれは割った卵を解《と》きほぐしながら、後ろから抱きついてくる衛藤の目を菜箸《さいばし》でつついた。

「痛っ、なにすんだよう」

「邪魔だから」

「俺さまの強靭《きょうじん》な肉体に、これ以上のダメージを与えると？」

「強靭なんだから、いいだろ」

「ちぇ。つまんねーの」

ちっともつまらなくなさそうな声で言い、衛藤はリビングのほうに戻ってゆく。振り返ってその姿を見るおれ。

「そういえばさー、お前バイトどうすんの？」

リビングのほうから衛藤が言っている。

そうだ。続けるかやめるかという以前、店長に謝らなければ。

おれがそう答えると、衛藤は、

「続けさせてもらえるんならそうしろよ。なんだったら俺もついてく？」

「……一人でいいよ」

「顔面崩壊男なんかきたら、ドンびくからな」

「そういうんじゃなくて……」

衛藤の力を借りるのは、もっと辛《つら》いときでいい。

いつだっておれを見つめていてくれる恋人がいる。一人じゃないと胸の奥でたしかめる。うん、今日も元気に生きてゆけそうだ。

幸せとはたぶん、こういうものなんだろう。

あとがき

榊花月

そんなこんなでこんにちは。すっかり秋めいたこのごろ、みなさまにおかれましてはいかがお過ごしでいらっしゃるでしょうか。

……などと上品ぶってみたものの、素《す》の下品さは隠せないサカキです。このたびはお手にとって頂《いただ》きまして、どうもありがとうございます。

本書は、去年新書館ディアプラス文庫で出して頂いた「ふれていたい」の後日談というか番外篇というか、姉妹篇になっております。そちらのほうもよろしく、と揉《も》み手を欠かせない強欲なオレだ。

さて、どこかの本のあとがきに、K川K司のことを書いたおぼえがあるのですが、その後のK川とオレ、を簡単に書いておきます。え、聞きたくないですか。そうですか。

で、K川なんだが、今年でなんと、デビュー二十周年らしい。あれから二十年……。

だが寄る年波にも負けず、精力的な活動を繰り広げているK川。先日も、スカパーのミュージックチャンネルで、記念ライブの告知を見たばかり。あい変わらずカッコよく踊り歌うK川……だけど……けど……そのニュースのBGMが「モニカ」だった……。

気を取り直して、後日そのライブ映像をワイドショーで見ていたところ、アンコールは「モニカ」で、K川さんバック転も披露《ひろう》されたということだった。

……………………。

そんなオレだが、今年で作家生活十周年。K川の半分やな。太ったり痩《や》せたり、また太ったり太ったり痩せたり、太ったり太ったり……もういいですか。そうですか。

まあ、なんとなく生きているうちに十年経ったというわけやな。何年までやれるのか、耐久レースのようなこの世界、あと十年生き延びたらオレも歌うよ、「モニカ」を。

そういえば、前回書いたお風呂CDなのだが、その後だんだん飽きてきて、今ではもっぱらラジオプレイヤーとして活用されている状態だ。なんでかというと、このCDプレイヤー以外、うちにはラジオを聴く手段がないからだ。未《いま》だにCDプレイヤーしか持っておらず、カセットデッキは二個とも毀《こわ》れ、録音もできない上に、ラジオさえ受信できず、ただ「CDを聴く」だけしか使い道のなくなった、憎いあんちくしょうなこいつを、しかし見捨てきれないっていうか新しいMDプレイヤーを買うのは高いので捨てるわけにはいかないんで使っている。CDチェンジャーが五枚まで入れられる以外、なんのとりえもございません。そのチェンジャーも反応が遅いというか、やたらがちゃがちゃいうので、そのうち爆発するんではないかと怯《おび》えているオレ。今度MD下さいよ、吾妻さん（担当）。

というわけで、今欲しいものはMDとお風呂テレビなのだった。しかし、うちの風呂は壁に取り囲まれ、あまつさえ集合住宅なので、入手したところでろくに見えん気もする。どうなんでしょう、お風呂テレビ。欲しいなあ。今度下さいよ、吾妻さん（担当）。

吾妻さんといえば、今回オレからひどい目に遭《あ》わされてしまったのだ。ええ、いつもしめきり優等生なオレだが、なぜか校正に手間取ってしまってのう。というか、うかれて旅行などしているうちに、出校も、しめきり日も通り過ぎていったというわけさ。ふっ。

……いやほんま、すいませんでした、吾妻さん。内心では腸《はらわた》煮えくりかえりつつも、電話ではそんなそぶりをちらっとも見せず、怠惰《たいだ》な作家を赦《ゆる》し励ます。編集者の鑑《かがみ》のような吾妻さん、今度酒でもおごって下さいよ。（何でやねん！©久我有加《くがありか》さん）。

それから志水《しみず》ゆきさん。前回に引き続き、ハードなお仕事の合間に、丁寧《ていねい》なイラストを描いて頂きまして、どうもありがとうございました。雑誌掲載された時のコメント（？）のイラスト、笑わせてもらいましたよ。このままお手洗いに引き籠《こ》もったまま、という話でもよかったぐらいです。

いつも応援と励ましを下さる読者の皆さま。オレにとっては神さまでございます。M波H夫先生の気持ちが、腹の底からよく判《わか》ります。どうもありがとうございました。感想など教えて頂けるとありがたいのですが。

最後になりますが、七月にあとり硅子《けいこ》先生がお亡くなりになりました。新書館のほうでは日《ひ》夏《なつ》名義の短篇をご一緒したきりですが、松前侑里《まつまえゆり》さんの本のほうでいつも拝見させて頂いておりました。優しく温かい絵が、松前さんの作風に合っていて、まだまだこのお二人のコンビを読みたかったのですが……。

謹《つつし》んでご冥福《めいふく》をお祈りしたいと思います。お疲れさまでした、あとりさん。安らかにお眠り下さい。

榊「世界の酒はオレのもの」花月　拝

いけすかない《いけすかない》

この本を読んでのご意見、ご感想などをお寄せください。
榊 花月先生・志水ゆき先生へのはげましのおたよりもお待ちしております。
〒113-0024 東京都文京区西片2-19-18 新書館
[編集部へのご意見・ご感想] ディアプラス編集部「いけすかない」係
[先生方へのおたより] ディアプラス編集部気付 ○○先生

初 出
いけすかない：小説DEAR+ 04年ハル号（Vol.13）
想うということ：書き下ろし

新書館ディアプラス文庫

著者：榊 花月［さかき・かづき］
初版発行：2004年10月25日

発行所：株式会社新書館
［編集］〒113-0024 東京都文京区西片2-19-18 電話(03)3811-2631
［営業］〒174-0043 東京都板橋区坂下1-22-14 電話(03)5970-3840
［URL］http://www.shinshokan.co.jp/
印刷・製本：図書印刷株式会社

定価はカバーに表示してあります。乱丁・落丁本はお取替えいたします。
ISBN4-403-52095-2